グランブルーファンタジー Ⅶ

はせがわみやび

FB
Famitsu Bunko
ファミ通文庫

CONTENTS

イラスト／Cygames

これまでのあらすじ

大地が空を漂う世界。辺境の浮島《うきしま》《ザンクティンゼル》で育った少年グランは、空に憧《あこが》れ、空の果てへと旅立つことを夢見ていた。

不思議な少女ルリアとの出会いをきっかけに、ルリアの護衛の女騎士カタリナ、自らの相棒である羽根トカゲのビィと共に空へと旅立つ。

風の島《ポート・ブリーズ群島》では、操舵士《そうだし》ラカムと彼の艇《ふね》グランサイファーが。

火の島《フレイメル島》では魔導士の少女イオ・ユークレースが。

水の島《アウギュステ列島》では、老兵オイゲンが加わった。

さらに、森の島《ルーマシー群島》で薔薇《ばら》の美女ロゼッタが仲間になる。

こうして旅の仲間は増えていったが、ルリアが帝国に追われる状況は変わらなかった。

そんなとき帝国将軍フュリアスが、ルリアを追うのを止《や》めると言ってきた。

半信半疑ながらグランたちはフュリアスに呼ばれ、城砦都市《じょうさいとし》《アルビオン》を訪れる。

フュリアスの提案はやはり罠《わな》だった。

ルリアを諦《あきら》める代わりに忠誠の騎士カタリナを差し出させ、カタリナを生贄《いけにえ》にすることによってアルビオンの守護星晶獣《しゅごせいしょうじゅう》《シュヴァリエ》を手に入れようとしていたのだ。

だが、フュリアスの奸計《かんけい》はもろくも崩れた。

一連の出来事の全《すべ》ては、アルビオンの領主であり、カタリナの後輩でもあったヴィーラ・リーリエの策略だったのだ。彼女はカタリナを手に入れるために帝国将軍さえ騙《だま》して罠を張ったのだった。

グランたちはヴィーラの策を見抜き、カタリナを取り戻した。ヴィーラも最後にはカタリナをアルビオンに縛りつけることを諦め、グランたちが船大工の島ガロンゾに向かうと聞いて『霧の空域』に気をつけるようにと忠告するのだった。

だが、グランたちの艇は不思議な霧に包まれて迷ってしまう。ようやく霧のなかに存在する浮島に辿《たど》りついたものの、その島には死を奪う星晶獣《セレスト》が潜んでおり、グランたちを島から出られなくしてしまう。

島の住民たちからセレストを呼んだのは丘の上の館《やかた》に住んでいる少女だと聞かされる。

真相は違った。流れの医師であり魔法使いであった男が召喚したのだ。

セレストを打ち破り、死を取り戻すと、島の住民たちはみな消滅していったが、丘の上の少女だけは何故《なぜ》か消えなかった。

「フェリという名前をもらった私には、まだやるべきことがあるんだろう」

ひとり島に残るという彼女と別れ、グランたちはガロンゾ島を目指すのだった。

第1章 郷愁の地

1

「おサカナさんみたいなかたち……です」

「おなかが空《す》いているの？」

「ち、ちがいますよ、グラン！　だって、ほら見てください」

ルリアの指差した窓の向こうには島が見えていた。

空の上を飛ぶ島──浮島《うきしま》だ。

ガロンゾ、と呼ばれている。

「ほら、左側が頭で、シッポがあって、背ビレがあって……おサカナさんです！」

なるほど、と僕はルリアの「見立て」に納得したのだ。

その島には、向かって右手側に空へと突き出した細い桟橋《さんばし》が上に一本、下に二本、上下に備わっていた。

その部分が、僕たちから見ると確かに尻尾《しっぽ》に見えないこともなかった。

向かって左に向かって空を泳ぐサカナだ。

けれども、それよりも──。

「僕には騎空艇《きくうてい》に見える」

島が艇《ふね》で、ヒレのように見えるものは騎空艇の尾翼だ。

ガロンゾ島は騎空艇の製造や整備を行える船大工《ふなだいく》の島として知られている。予《あらかじ》めそう教えられていたから、そう見えるのかもしれないけど。

「あ、そうかも……そうですそうです！」

ルリアが両手を合わせてぴょんぴょん跳《は》ねた。

そのとき、足下ががくんと揺れた。よろけそうになったルリアを僕は慌てて支える。

腕を摑《つか》んで倒れるのを防いだ。

「あ、ありがとう、グラン」

にこっとルリアが微笑《ほほえ》む。

「気をつけて」

「はい！」

「おい。そろそろ席に戻れや。もう港に着くぜ」

操舵室《そうだしつ》前方にある舵輪《だりん》を操りながらラカムが言った。

「あ、はい」

「着く前に落ちちゃわなければいいんだけどねー」

不吉なことを言うのは僕らの後ろに座って艇の機関部を操っているイオだった。

僕たちが乗っている中型騎空艇グランサイファーは壊れかかっている。

元々ポートブリーズの平原に不時着していた艇である。

空を飛べるように補修できただけでも奇跡に近い。

しかも旅の途中で無理な発着陸を繰り返してきた。帝国の戦艦相手に白兵戦までやってのけたのだ。

「無茶させすぎなのよ、まったくもう！　あああ、圧力が上がりすぎ、炉がこわれちゃう――――っ！」

「なだめろ」

「っ！　や、やってるっての！　ああもう！」

金色の髪を片手で掻《か》きむしりつつ、イオはもう片方の手で操作卓の摘《つま》みを慎重に回し続ける。炉から送り出される炎の力を操り、艇を浮かす力と推進力へと変えていた。

「安心しろ。グランサイファーは落ちねえよ」

「なんでそんなことわかんのよ？」

「こいつには空が似合っている」

「へ？　……まさか根拠って、それだけ？」

「充分だろ」

にやりと操舵士《そうだし》は口角をあげたが、機関士はぽかんと口を開けた末に目を半分閉じた。

「ばっかじゃないの？」

「っ！　お、お、おまえな――――！」

ラカムは振り返ってわざわざイオにぴしりと指を突きつけるのだけど、信頼していても、もうちょっと操舵士には前を向いていてほしいと思う。

いつものことだけど。

「まあまあ。イオちゃん、許してやれって。こいつも艇がようやく直せるってんで、浮かれてんだからよ」

そうからかったのは僕らの後ろの席に座っている老兵オイゲンだ。愛銃を磨きながらニヤニヤと笑みを浮かべていた。

「なっ！　う、浮かれてるわけ……」

「言われたくねえなら、もうちっときばれや」

「やってるっての！」

我らが操舵士がようやく前を向く。

その瞬間に再びグランサイファーが沈みこんだ。きゃっ、とルリアが小さな悲鳴をあげる。

同時に通話機が小さな雷のような音を立てた。男の声が聞こえてくる。

『ガロンゾに近づきつつある青い艇に告ぐ』

「管制塔からだな……」

小声でそう呟《つぶや》いてから、

「こちらは騎空艇グランサイファー。聞こえている」

送話機の釦《ぼたん》を押して応《こた》えたのは、なだらかな階段状になっている座席の一番上……からひとつ降りた副艇長席に座る女性だ。

カタリナ・アリゼ。僕たちのまとめ役をやっている、かつては帝国軍の中尉だった女性だ。責任感も行動力もある元騎士だった。

通話機がふたたび鳴る。

『貴艇の乗務員はそこに揃《そろ》っているか？』

おかしな質問だった。

僕たちはこの騎空艇で幾つもの浮島を訪ねてきたけれど、こんな問いかけをされた覚えはない。

カタリナが改めて首をぐるっと巡らせた。

操舵席にいるラカムを見る。

僕とルリアを確認してから後ろに座るイオとオイゲンへと視線を移した。

そこで顔を前に戻してから今度は反対側に座っている女性へと視線を送る。

紫の服を着こんだ美女ロゼッタがカタリナに向かって小さく手を振り返した。

「いる……が？」

『よろしい。では、ガロンゾ島に滞在するつもりならば、貴艇の乗務員たちには、この島にいる限り一切の犯罪行為、とくに島の住民への加害行為を行わないことを約束してもらう』

「……あたりまえだと思うが？」

『感想は求めていない。入港する際のしきたりなのでね。その旨《むね》を艇長は全乗務員に誓わせて欲しい。それが本島に滞在する条件だ。同意していただけるだろうか？』

管制官の言葉にカタリナが首を捻《ひね》る。

だが、言っていることには反対するつもりはないようだ。

言われた内容それ自体は納得できるものだった。そういえば、ガロンゾ島は荒くれ者が集まる島としても有名だという。

事前に釘《くぎ》を刺しておこうというわけだろう。

荒くれ者で知られる人物が口約束だけで大人しくなるとは思えない、というところだけが少し引っかかるけれど。

「判《わか》った。了解しよう。皆もいいな？」

はい、だの、おう、だの、応え方はそれぞれだったが、操舵室にいる全員が首を縦に振った。

『よろしい。ではガロンゾにようこそ！　貴艇の訪問の目的は？』

「艇を修理したい」

『やはりそうか。少し飛行がふらついているようだな。艇を船渠《ドック》へと入れたいならば、第一騎空艇港へ停《と》めたまえ。君たちの向かっている先の一番高いところにある港だ』

「了解」

短く答えてからカタリナが送話機の釦を再び押し込んで通話を切った。

腑《ふ》に落ちないやりとりだったのか、まだ首を捻っている。

「オイゲン」

「ん？　なんだ？」

「貴殿は以前にガロンゾを訪れたことがあると言っていたな」

「ああ。何度もあるぜ。まあ、騎空艇に乗ってりゃ、ガロンゾは避けては通れねえ島だからよ」

「前に訪れたときもこんなやりとりを？」

「おう。むかーしは、もうちょい軽かったけどな。『厄介《やっかい》ごとを起こすなよ？』『あいよ』くらいか？」

「ふーむ」

「まあ、最近じゃ帝国の奴らがのさばってやがるからな。ガロンゾだってピリピリしてるんだろうよ」

「そうか……そうかもしれないな。君は憶《おぼ》えているか、ラカム？」

「あー？　どうだったかねえ。憶えてねえなあ」

「もう歳《とし》なんじゃない？」

イオが余計な突っ込みを入れる。

「うっせぇ。俺がガロンゾに来たのはまだ十歳にもなってないときだぞ。憶えてるわけねえだろうが」

ラカムの答えを聞いたカタリナが問いかける。

「以前に、君はオイゲンに連れていってもらったと言っていたな」

「ああ。もうあれは……二十年くらい前になるか」

二十年——というと、エルステ王国が帝国に替わったのが十年前だから、それよりもさらに十年も前ということになる。もちろん僕もイオもまだ生まれていない。

「それはグランサイファーを直すためか？」

墜落《ついらく》していたグランサイファーをラカムは一人で直したという。

修理のための知識を得るために船大工の島を目指したのだとすれば納得できる。

十歳にもならない男の子がする旅ではないと思うけど。

それを言ったらイオもか。

「そう、だけどな。あの頃はガキだったからよ。俺がこいつをもういちど空へ飛ばすんだって口癖みてえに言ってはいたが……。なあんも知らなかったからなぁ。ガロンゾに連れて来てはもらったけどよ——大したことは教わらずで終わったな……」

「へへ。ガキのくせに当時から夢だけはでかかったよな、おまえさんは」

「うっせーぞ、おっさん」

ラカムとオイゲンが言い合いを始めると、カタリナは口を閉ざして考え込んだ。

だが、考えても無駄と判断したのか顔をあげる。

「とにかく一刻も早く修理したい。ラカム」

「判ってるよ。任せろっての」

グランサイファーはガロンゾ島のもっとも高い丘から伸びる桟橋へと舵《かじ》を切った。

ゆっくりと近寄ってゆく。

「ここで直せるといいが……」

カタリナがつぶやくような声で言った。

「ガロンゾで直せねえ艇は、空域のどこへ持っていっても直せねえよ。ここはそういう島だぜ」

オイゲンが言って、カタリナが判ったと頷《うなず》く。

「私もこの艇から乗り換えるのは残念だと思っているからな……」

そうカタリナが言ったとき、わずかにラカムが微笑んだように見えた。

「ねえ、グラン」

ルリアに袖《そで》を引っ張られる。

「みんな、じゃないですよね？」

「へ？」

間抜けな声が出てしまった。

「だって、ほら」

ルリアの指さした先で小さな声があがる。

「ふぁあああ。もうメシの時間かぁ？」

ロゼッタの抱きかかえていた赤いトカゲが目を覚まして声をあげたのだ。

「あー」

ようやくルリアの言いたいことを理解した。

先ほどの管制官とのやりとりだ。乗務員の全員に誓わせてくれと言っていたっけ。

「ビィさんも、私たちの仲間ですから！」

「それは……そうだけど」

ロゼッタが子どもをあやすように言う。

「あらあら、起きちゃったの？　まだ着かないから、もう少し寝てらっしゃいな」

「わぷ！　ぐぐ。苦しい〰〰〰〰っての！」

赤い身体《からだ》を、ロゼッタはふたたび豊かな胸のなかに抱きかかえた。

「うーん」

はたして羽根トカゲも「乗務員」なんだろうか？

2

港に降りて振り返る。

「すこし、お別れですね」

見つめながらルリアが言った。

青い空を背景にして桟橋に横付けになったグランサイファーは、翼をゆっくりと畳みつつあった。

騎空艇を停める桟橋は大抵の場合は空へと突き出している。

中型以上の騎空艇の底はお椀《わん》のように丸くなっているから、そのまま地上に降りると横倒しになってしまうのだ。だから桟橋は、騎空艇の気嚢《きのう》の空気を抜かずに宙に漂わせたまま接舷《せつげん》できるようになっている。

グランサイファーも飛んでいるままの状態で港に身を寄せていた。

振り返って港全体を眺める。

第一騎空艇港は大きかった。近寄れば一本だけでなく、数本の桟橋が櫛《くし》のように空へと突き出していると判る。

何本もの鉄でできた起重機が横付けにされた騎空艇の甲板から荷卸しを行っていて、大勢の男たち女たちが忙しそうに働いていた。

そのなかにたまに子どもらしき影がちょこちょこと走り回っている。こんな場所で危ないなと思ってよく見るとハーヴィン族だったりする。さすがに力仕事はしていないようだが、書類の束らしきものや小さな荷箱を抱えて走っていた。

「すごいな。誰も歩いていない」

「みんな走ってますね！」

港街に特有の猥雑《わいざつ》な熱気のようなものを感じるのだった。

「修理って、どれくらいかかるんだろう？」

問わず語りの僕の声にオイゲンが答える。

「まずは見積もりからだな」

「見積もりですか」

「ああ。どれくらい艇が壊れちまっているのか。必要な備品は何で、どれくらい必要か。かかる費用をはじき出すには、そういったことをぜんぶ見積もってからじゃなけりゃできねえな」

日数のことを聞いたつもりだったのだけれど……。

「ルピ……かかりそうですね」

「う……む。まあ、そうだな」

ルピだけは悩みのタネだった。

僕たちは騎空団のように振る舞っていたけれど、実のところ騎空団というのは全《すべ》て自称なのだ。免状のようなものがあるわけでもないから、名乗ったからといって仕事が即座に舞い込んでくるわけでもない。

まして僕たちは旅を始めたばかり。

仕事というのは、実績を積み重ね、名を揚げた末に頼まれるようになるものだ。

しかも僕たちは帝国のお尋ね者であって、《機密の少女》であるルリアには目立ってほしくないと思っている。どんな仕事でも受ける——というわけにはいかない。

ゆえにルピは常に不足していた。

グランサイファーの操舵士であるラカムが最後に梯子《はしご》を下りてきた。

もやい綱の端を、艇の管理をしているドラフの男に手渡してから合流する。

「ふぃー、アルビオンからこっち、いつ落ちるかとヒヤヒヤしたぜ……」

「ふーん。グランサイファーは落ちないんじゃなかったの？」

イオが突っ込んだ。

「無理をさせたって言ってんだ」

「そうさなぁ。ここらでしっかり労《いた》わって、ちゃんと整備してやらねぇと……」

オイゲンがそう言ったときだ。

「おい、あんた、オイゲンじゃねえか？」

声のほうに僕たちはいっせいに振り返った。

口ひげを蓄えた男が僕たちを見ている。

少し痩《や》せた身体は船乗りにも波止場で働く男にも見えなくて、僕たちは誰だろうと訝《いぶか》しんだ。

「んあ？　……お前、確か……酒場のヤ、ヤ……」

「おいおいおい、頼むぜ」

「ヤングだ、そうそう。ヤングだった」

「忘れてやがったな」

「まだここいらに住んでたのかよ！」

「当たり前じゃねえか。まだ店だって続いてるんだぜ。いや、懐かしいなあ！　何年ぶりだよ」

「はぁぁ。まったくだ。まだ生きてたとはな」

「おお！　口の悪さは相変わらずだな、英雄！」

「よせよ、おい」

「あの……」

　僕はつい口を挟んでしまう。

「オイゲンさん、そちらの方は？」

「ん？　ああ、こいつはヤングっていって酒場の主《あるじ》だよ。こう見えてオレといくらも変わらねえ歳だからな？」

「ほう？　なんだ、オイゲン。やけに大所帯じゃねえか。あんたの家族かい？　えらい別嬪《べっぴん》の姉ちゃんとむさくるしい兄ちゃんと……孫と孫娘か、そっちの美女はまさか新しい嫁さんをもらったってんじゃねえだろうな！」

「よせよ、勘弁してくれや」

「その冗談、オイゲンも言ってたぜ」

　ビィが言った。

「うぉ！　なんだそりゃ、赤い……トカゲか？　しかも、しゃべるのかよ！」

「オイラはトカゲじゃねえ！」

「ビィさんですよ」

「ったく、さすがはオイゲンの知り合いだぜ……」

「ん――――？　って、そっちのお前、ひょっとしてラカムか？」

「あ？」

「おうよ！　あのラカムもいまじゃ立派な騎空士サマの端くれだぜ？」

「かー！　まじか。ウチの店でミルクしか飲めるもんがねぇって、ピーピー泣いてたラカムがなぁ」

「ばっ!?　おまっ！　泣きはしなかっただろーが！　……って、思い出したぜ！　あんた、港の近くの酒場の――」

「おう。よーやく思い出したか。泣き虫坊主」

ニヤニヤとした笑みを浮かべる男の言葉に、ラカムの頬《ほお》にほんのり朱が差した。

「ぷぷっ！　ラカムにもそんな時代があったのね。信じらんない。ラカムが泣き虫だったなんて！」

「だから泣いてねーっての！」

「でもよぉ、このおっちゃんのほうがラカムのこと、よく憶えてるみたいじゃねーか」

「何度も言わせんな。俺はイオよりガキだったんだよ！」

「あたしはもうガキなんかじゃありませんー」

「けっ」

「なによ！」

二人して睨《にら》み合っていた。

「はあー。こりゃまた面白え奴らと一緒だな」

「いろいろあるんだよ、こっちもな」

「よしよし。じゃあ、そのあたりの積もる話はウチの店でどうだい？　サービスするぜ！」

「おっ！　悪くねぇなぁ。どうだ、グラン」

まさか僕に訊《き》いてくるとは思わなかった。

僕はとっさにカタリナを見てしまう。

「いいんじゃないか？　グランサイファーの整備が終わるまで、どのみち私たちにできることもないしな」

「おっと、それだ」

オイゲンが思い出したかのようにグランサイファーを見る。

「なあ、ヤングよぉ、艇を修理に出したいんだが……」

「艇……ってのは、お前さんたちの後ろの青い艇のことかい？」

「ああ」

オイゲンの知り合いらしき男——ヤングは、がらりと真剣な目つきになってグランサイファーを睨みつけた。

「ふうん。……なるほど、こいつはぁ……ぱっと見じゃあ最新式かと思ったが、よく見るとえらい年代物《ねんだいもん》だな」

「ちょいと長旅になりそうなんでな。本格的に直したいんだが……」

「となると、船渠に入れてってことになるけどよ。ふーむ」

考えこんでから顔をあげ、ヤングは近くを歩いていた大柄な男に声をかけた。

「おう。こいつが艇を直してぇってんだけどさ」

呼び止めた男はどうやら知り合いの船大工らしかった。

一方的にまくし立てると、あっという間に見積もりを出させる約束を取りつけてしまった。

「全補修ってことになりゃ船渠に入れなきゃならねえんだけどさ。ここんとこ運び込まれる艇も多くてな。順番待ちだぞ」

「かー、まいったな。艇を停めとくだけで停艇料《ていせんりょう》を取られるってのに……」

「で、整備の見積もりだけで、どれくらいかかる?」

ラカムが尋ねた。

「まあ中型艇だし——三千ってとこだな」

ヤングから返ってきた言葉にカタリナが顔をしかめる。

「心配すんなって美人のねーさん。オイゲンの連れってことなら悪いようにはしないよ。なんたってこいつは島の英雄だからな」

「だからそれはやめろっての」

「へえ……オイゲンって、そんなにすごい人なの？」

イオが意外だと思っているのがまるわかりの声で言った。

「まあ、そのあたりの武勇伝も店にくりゃ、教えてやるさ」

「やめろって！」

「テレるなテレるな」

「どっちかってゆーと、あたしは子どもの頃のラカムの話が聞きたいかも」

「あ、私も知りたいです！」

天真爛漫《てんしんらんまん》を絵に描いたような笑顔でルリアにまで言われてラカムが項垂《うなだ》れた。

「勝手にしろよ、もう……」

「ラカム、元気だせって！」

「トカゲに慰められてもな」

「オイラは――」

トカゲじゃねえ、という前にロゼッタに抱き寄せられてビィは口を閉じられた。

なんだかすっかりロゼッタはビィのお目付け役になっている……。

3

そんなこんなで僕たちはヤングに案内されて彼の店へと行くことになった。どうせ騎空艇の修理が終わるまではすることもない。

栈橋を離れると、すぐに石畳の街へと続いていた。

「けっこう、にぎやかな街なのね」

確かにイオの言うとおりだった。

港にいるときから聞こえていたのだけれど、街の喧噪《けんそう》は鍛冶《かじ》の国であるバルツ公国に引けをとらないほどだ。バルツでは街の至るところに工廠《こうしょう》があり、鍛冶師たちの槌打《つちう》つ響きがやかましかった。

ここガロンゾの街でも港のほうからは似たような音が聞こえてくるし、街のなかにも鍛冶屋らしき店があちこちに見受けられた。

石畳の通りを歩く人々のなかにも筋骨隆々で力仕事に従事しているような者を数多く見かける。

ドラフ族の割合がやや高いようだがヒューマンもけっこういるようだ。

「上の港の端っこのほうに船渠があるからよ」

船渠というのは船を造ったり修理したりするところだ。そういえば、管制官が『艇を船渠へと入れたいならば、第一騎空艇港へ停めろ』と言っていたっけ。

「じゃあ、グランサイファーもそこに？」

「それはまだだな。修理の前に見積もりがいっからよ。いくらガロンゾったって、ぜんぶの艇をいっぺんに直すのは無理だ」

オイゲンが言った。

ヤングとオイゲンによると、修理を依頼された艇はまず船渠の手前にある係留所に留め置かれるそうだ。そこで艇の状態を調べ、見積もりを取った上で、何をどこまで直すのかを決定するという。

「艇ってのは家と同じだからな。特に中型以上の艇はそうだ。翼や船殻《せんこく》、昇降舵や機関部だけが重要じゃねえ。戦艦なら武装だっているし、長い旅をするには最低限の家具や生活用品だって必要だろ？　騎空艇ってのはな、一隻に全てが詰まってんだよ」

この街は、その全てを作る工場《こうば》をもっている。そういう話だった。

そんな長広舌を展開したのは意外にもラカムだ。

「……なんだよ？」

「いえ……」

「ラカムさんがいっぱいしゃべってます！」

「おまえら、俺をどーゆー目で見てやがる」

ジトっとした目つきでラカムが僕たちを見て、僕たちは慌てて視線を逸《そ》らした。

「まあ、いいじゃないか。ラカムがこの街でしっかり学んだのが良く判るぞ」

「……嫌味を言うんじゃねえよ」

「それは誤解だ。私は純粋に君の評価を見直して——」

生真面目《きまじめ》なカタリナが生真面目に訂正しようとすればするほど、ラカムはどーせ俺はと機嫌を損ねる。カタリナは諦《あきら》めて肩をすくめた。

「アルビオンでのお話を聞いたあとだもんね。無理ないかも」

イオが小さな声でつぶやいた。

カタリナ・アリゼはアルビオンの士官学校を首席で卒業しただけでなく、剣の腕でも実質的に島で一番だったと僕たちは知ったばかりだ。

グランサイファーを直すことから操縦まで全てを独学で済ませるしかなかったというラカムにはカタリナの称賛を素直に受け取れない気持ちがあるのだろう。

それはそれですごいと思うんだけどな……。

正当派剣術を学ぶことの重要性は、毎日のようにカタリナに剣の稽古《けいこ》をつけてもらっている僕としては否定するものではないけれど。

「ここだぜ」

ヤングの言葉に僕は意識を切り替える。

目の前には錨《いかり》の形を模した木の看板を吊《つ》り下げた扉があった。

『青ざめたあひる亭』

看板に描かれていたのは青い顔で身体をふらつかせたあひると盃《さかずき》の絵だ。

「あいかわらず、へったくそな絵だなぁ、おい」

オイゲンの言葉にヤングがうるせえと言い返した。

そのまま扉を押し開ける。

蝶番《ちょうつがい》を軸に前後に開閉できる回動開閉式の扉《スイングドア》になっているようだ。

店のなかに入ると、縦横十五、六歩ほどの部屋のなかに円卓《テーブル》が五つ。奥には調理場と仕切るための横長の机《カウンター》がある。

大きさはほどほどで客の数はまばらだった。

「おいおい。これでやってけんのかよ」

「まだ昼前だぞ。開けたばかりだ」

奥から出てきたエルーンの給仕娘が「いらっしゃい」と声をかけてきた。それからヤングに気づいて「お帰りなさいませ」と頭を下げる。エルーンらしく脇の大きく開いた服を着ていて、その上から前掛け《エプロン》をかけているものだから、前から見ると上着を着てないんじゃないかと思わせる恰好《かっこう》で、思わずラカムが口笛を吹いてしまい、カタリナとイオに白い目で見られていた。

店の主の顔に戻ったヤングがオイゲンに問いかける。

「メシは食ったか？」

「あー、いやまだ、だな」

「じゃあ、まずはメシだな。任せとけ。アウギュステのうまいエビが入ったんだ」

「あの……あたし、お酒なんて飲めないんだけど……」

「だいじょうぶよ、イオちゃん。こういうお店はね、昼はふつうのお食事処《どころ》としてやってるものなの」

ロゼッタが言って、ヤングが「飲み物はミルクでいいか？」と言葉を添えた。

「あ、えっと、香茶《こうちゃ》で。あたし、子どもじゃないし」

「ほう。で、香茶に入れるのは砂糖だけでいいかね、それとも——」

「ミルクも！」

「やっぱり入れるんじゃねえかよ！」

ラカムに突っ込まれたが、イオはふんと鼻を鳴らして顔を逸らした。

かわいいと思うべきなのか、意地っ張りだなと思うべきか。

どっちもか。

「グラン！　このお菓子の名前、見てください。美味《おい》しそうです！」

「なぁなぁ、リンゴはねーのか？」

……ルピ、だいじょうぶかな？

4

テーブルのひとつに陣取って、僕たちは朝食というには遅く、昼食というには少しばかり早い食事を始めた。

店主のヤングが言ったとおり、サラダといっしょに出てきた大きな赤いエビは身が柔らかくてとても美味しかった。アウギュステの島を懐かしく思い出してしまう。海、と呼ばれる独特の地形で感じた潮の香りまで鼻の奥に蘇《よみがえ》ってくる。

「こっちのサラダも美味しいです！」

「ルーマシーでだけ採れる茸《きのこ》が入っているわね。珍しいわ。あそこの人たち、滅多に外の島と取引なんてしないのに」

「この島はファータ・グランデのあらゆる食材が入ってくるのさ。そりゃあ、ポート・ブリーズほど交易が発達してるわけじゃねえが……。空域のあらゆる騎空艇が島の船大工を頼みにしてやってくるからな！」

ヤングが言った。

「騎空艇乗りたちにとっては重要な島ということか……」

カタリナが、ソーセージを渦巻き状に丸めてから鉄串《てつぐし》を刺した感じの、見たこともない焼肉を手に取ってしげしげと眺めてからかぶりついた。

「うん。これは美味《うま》いな！　香ばしくて、しかも、ジューシーだ」

「そいつは最近入荷したばかりでよ。とっておきだぜ。まあ、旧友との再会を祝してってとこだな」

オイゲンに向かって乾杯の仕草をしてみせる。

「ありがとうよ、旧友！　ついでにメシ代も安く頼むぜ！」

「それはそれ、これはこれだ」

「かー！　しっかりしてやがんな、おい！　……しっかし、この店は変わらねえなあ。変わったのは給仕娘のスカートの丈くらいか。短くなっちまって……お前の趣味か？」

「バカいえ。流行《はや》りってやつだよ！」

「そうかぁ？　まあ、いいけどよ。で、どうだ、ラカム。お前も、ちったぁ昔のことを思い出したか？」

「ああ……。あの頃は、もうちっと大きい店だと思ってたんだがな。椅子《いす》だってけっこう高くて座るのに大変だった。こんなに小さかったとはな」

「それは貴方《あなた》が大きくなったのよ」

ロゼッタが微笑みながら言った。

「にしし。今ならミルク以外も飲めるんじゃない？　どう？　試す？」

「んの、ガキ！　こんな真っ昼間から呑《の》めるか！」

イオにそう言ったラカムの前で、カタリナがオイゲンをこっそり小さく指さした。

視線を向けると、オイゲンはいつの間にか銅の杯に注がれていた赤い酒を呑み干すところだった。

「おっさん！　あんた、何呑んでんだよ！」

「安心しろって、オレぁ、どんなに酔ったたって狙《ねら》いを外したりしねぇからよ」

「……酔っぱらいはみんなそう言うんだ」

オイゲンを見るラカムの視線が冷たい。

「あ、あの、ラカムさん！　そんなに小さい頃なのにこの島にやってきたのって、やっぱり騎空艇のためなんですよね。スゴイです！」

ルリアが必死に話を変えようとしていた。

「そーいつはちっと違うぜ、ルリアちゃん」

「オイゲンさん……。ちがうんですか？」

「騎空艇のためじゃねーのかよ？」

ビィも首を傾《かし》げる。

「騎空艇のため、じゃなくて、グランサイファーのため、だ。なあ、ラカム」

「うっせえぞ、酔っぱらい！」

「はは！　こいつは、ちっこい頃から妙にあの艇に入れ込んじまってるからよ。オレがポート・ブリーズで初めてこいつと会った時からそうだった。だよな？」

オイゲンがまたラカムの過去をほじくりだして、ラカムはそっぽを向いてしまう。

にやりと笑みを浮かべたオイゲンは、出会った頃のラカムの話を僕たちにしてくれた。

ポート・ブリーズの草原の真ん中に墜落していたグランサイファーのこと。イオよりも小さな頃から、毎日のように街を出て見に行っては眺めていたらしい。

当時のラカムは友人たちと遊ぶよりも、グランサイファーを見に行くことを優先させていたのだという。

「けっこう人気者だったくせによ。後をついてくる可愛《かわい》いエルーンの女の子なんてのもいたくせにな。こいつときたら、朝から晩まで絶対にグランサイファーをもう一度飛ばすんだって言うばかりでなぁ。心配してたら、案の定、この歳まで嫁さんどころか浮いた話もねえってんだから」

「話が逸れてっぞ、おっさん」

「バカいえ。ここが重要なところだろうが!」

「そこは重要じゃねえよ!」

「そうかあ? まあ、で、オレがガロンゾに行くってどこからか聞いてきて、連れていってくれって頼みこんできたわけだ」

「偉いわ。貴方、まだ十歳にもなってないって言ってたわよね」

ロゼッタに言われてラカムが照れたように頰を引っ掻く。

「スゴイです!」

「偉くねえよ……。勢いこんで来たものの、結局、ここじゃ何も学べずに帰ったからよ。観光とかわりゃしねえ。まあ、幸い、操舵士としてグランサイファーに乗れて、またこの島に来れたけどな……」

ラカムが少しだけ言葉の最後に言《い》い淀《よど》んだ。

　ぼうっとした顔になって、天井を睨みつける。

「どうしたんですか？」

「あ？　ああ……今なんかちっと思い出しそうになったんだが……」

　だが、ラカムの言葉はそれ以上は続かなかった。

　店の扉が開いて、どこかで見たような顔の男が手に紙の束をもって現れた。獣皮紙ではない、木の繊維で作られたほうの値段の張る紙だ。

　店長のヤングを見つけて近寄ってくる。

　僕はようやくその男が港で修理の見積もりを頼んだ男だと思い出した。

「ああ、ここに居たんですか。ええと、こちらが騎空艇グランサイファーの整備計画書になります」

5

「補器類はのきなみ交換したほうがいいですが、炉はまだまだ現役でいけますね」

　船大工の言葉にラカムが当然とばかりに頷いた。

「グランサイファーは覇空戦争時代の艇だぜ。数百年もった艇なんだ。炉だって、そうそうガタが来たりはしねぇさ」

「まあまあ。ちょいと詳しく見てみようや」

ヤングがテーブルの上に乗っている皿を脇に寄せ、受け取った見積もりの紙の束を広げた。

ラカムとオイゲンが首を突き出して眺める。遠慮していたカタリナも、ラカムたちが見終わったものから手渡されて目を通していた。崩し字でかつ略号で書かれているためか、判らないところはオイゲンたちに訊いている。

質疑できるだけでもすごいと思う。さすがはアルビオンの首席卒業生。

「それでも……ずいぶん多くの修理が必要そうだな」

カタリナが言った。

「動力炉はそのままでもいいとはいえ、消耗品の交換だけでも五日はかかりますね。ああ、それと費用ですが、あくまで飛行に差し支えないていどの整備で済ませますか？全面的に補修を行った場合ですと、正直かなりお値段が張ってしまいますが……」

「む……。そうか。どうする？　操舵士の意見としてはどうだ？」

「そりゃ、直せるなら全補修だ。この先の空にゃ、ガロンゾみてえな島はちょっとないと思うぜ」

「グランは？」

「えっ、僕ですか」

最近は、こうしてカタリナから意見を求められることが増えてきた気がする。慎重なカタリナのことだ、あらゆる見地からの意見が欲しいのだろう。僕の考えといえども何かの役に立つのかもしれない。

「そう……ですね。ラカムさんの言うとおりだと思います。この空域を越えるつもりならば、できる限り直しておいたほうが……。それと、ええと、ひとつだけ」

「なんだ？　言ってみてくれ」

僕は遠慮しつつも、前から感じていたことを言ってみる。

「小さくていいから、浴槽《よくそう》を入れられないでしょうか」

僕の意見にカタリナが驚いた。

ラカムが顎《あご》の無精髭《ぶしょうひげ》を撫《な》でながら言う。

「風呂か。まあ、グランサイファーの下層にゃ部屋はまだ余ってっから、入れられねえことはないが……けどよ、入れるのはいいが、身体を洗うていどの水はともかく、湯船に浸《つ》かれるほどの水なんて用意できねえぞ。雨水で良けりゃ別だけどよ」

騎空艇において水は貴重品だ。

いちど島を飛び立ってしまうと、雨水をろ過しない限りは手に入る当てはない。その雨水でさえ、得られるかどうかは天候次第だ。

まずは生命の維持が最優先だから身体を洗うためになんて使えない。食事の皿を水で洗うことさえ嫌う騎空士もいるという。乾いた砂を使って洗うのだそうだ。

だが――。

「それは今は大丈夫だと思うんです。イオがいるから」

ぱちんとラカムが指を鳴らした。

「魔法か！」

「はい」

イオは魔法使いだ。しかも水の元素を操ることに長《た》けている。僕はグランサイファーに乗り込んでいる女性陣が飲み水に手を出すわけにはいかないからと、イオが魔法で作り出した水を利用して沐浴《もくよく》をしているとルリアから聞いていた。

「今までは島と島の間はそんなに離れていなかったから気にならなかったですけど、ここから先も同じとは限らないですし」

アルビオンのお城で風呂付きの部屋に泊まったときの喜びようを見ていると、あったほうが彼女たちの旅は快適になるだろう。そして女性たちの機嫌が良いことは、僕たちにとっても重要なのである。命の安全的な意味で。

「お湯に浸かるなんて、そんなにいいか？」

「気持ちいいわよ。たとえ水でもね」

「オイラ、からだを濡《ぬ》らすのなんてまっぴらだぜー」

ビィが言った瞬間に女性陣がいっせいに身体を引いた。

「グランは、ビィさんをお風呂に入れてなかったんですか？」

「えっ……？　あ、うん。そういえば、別に洗ったこととかないかも。だって」

僕に最後まで言わせずにイオが叫ぶ。

「あ、あんた、今度いっしょに入るわよ！」

ビィにぴしっと指を突きつけた。

「うえ～……いいじゃねーかよ、別に」

「うっさい！　まさかぜんぜんお風呂に入ってないなんて思わなかったわ。徹底的に洗ってやるんだから覚悟しなさい！　なんでそんなに無精なのよ、このトカゲは！」

トカゲだからじゃないかな？

毎日お風呂に入る野生動物とか……聞いたことないし。

そもそも人間だってオイゲンやラカムのようにそのあたりを気にしない人だっているんだから……。って、ここで言わないほうがいいんだろうな。

イオのあまりの剣幕にビィはいつもの「トカゲじゃねえ」さえ言えなかった。

今では空の世界の騎空士の半分は女性だという。最新式の騎空艇ならば、そのあたりの配慮もされて設計されているのだろうけれど。

「なるほど。艇の補修というよりは備品の追加だが……ついでにやってしまうほうが良いかもしれないな。オイゲンの意見はどうだ？」

「そりゃ、ぜんぶ直せるならそれに越したことはねえけどよ。ただ、先立つものがねえとなあ」

いちばん現実的な意見だった。

「オイゲン……さん？」

思わぬ反応をしたのは船大工の男だ。

「あの……ヤングさん。オイゲンさんって、あのオイゲン、ですか」

「言ってなかったか。もちろんあのオイゲンだよ。ガロンゾの英雄だ。そういや、おまえさんは島に来たのは最近だったな」

「ええ。けど、もちろん知ってますよ！　仲間たちが事あるごとに口にしますからね。俺たちがこうして大工を続けていられるのも、あのひとのおかげだって」

「そーゆーわけだからさ。補修費用もできるだけ色付けてやってくれよな」

「そんな！　お代なんていただけませんよ！　判りました。いくらでも注文を言ってください。英雄の乗る艇を直せるなんて、こんな機会ないですからね」

「えっ……？」

カタリナが目を丸くした。

「わぁ！　得しちゃいましたね！」

「すげぇじゃねぇか、オイゲン！　こりゃ、助かっちまったな！」

「いやまあ、ここの連中とは昨日今日の付き合いじゃねえけどよ……いいのか？」

念を押すと、満面の笑みを浮かべて大工の男は頷いた。

「オホン！　まあ、それはそれとして、だ」

カタリナが真面目な顔に戻って言った。

「いちおう金額の明細も出してほしい。騎空艇の修理の相場を知りたいんだ」

言われて、男が困った顔をした。

今のカタリナの質問に困る要素があったんだろうか？　と僕は首を捻ったのだけど。

「それは難しいですね。なにしろ、私たちはいつも総金額を伝えて終わりにしていますから」

今度はカタリナだけでなく、全員の目が丸くなった。

「口頭だけで、おしまいだって？」

「ええ。受け取りまで全部そうです。ほら」

船大工の男がひとつ飛ばした先の円卓を指さした。

騎空士らしきドラフの女が、船大工らしき男に革の袋を手渡していた。

ずしりとした重みを感じさせる袋で、おそらくは全空で幅広く使われるルピ硬貨が中に入っているのだろう。銅貨か銀貨か金貨か白金貨《はっきんか》か……外から見ただけでは判らないが、硬貨のぶつかり合う音からすると、僕たちに馴染《なじ》みのある銅貨ではないような気がする……。

大工の男はその袋を、なかを検《あらた》めることもなしに受け取った。

「三万ルピ、確かにいただきました」

「また何かあったら頼む」

――という会話が聞こえた。

「さ、さんまん……」

呆然《ぼうぜん》とした声を出したのはイオだ。

僕も内心では驚いていた。そんな金額を確かめもせずに手渡して確かめもせずに受け取っている。

島毎《ごと》に発行され、島の政治体制次第で価値の崩壊する――つまり信用通貨である――紙幣と比べて、貴重な資源でもある銅・銀・金・白金を利用している(最悪の場合は鋳《い》つぶして物々交換できる)ルピ硬貨のほうが安心なのは確かだが、それにしても袋の中身を確かめることもしないのか!

「騎空艇の整備は大金が動く契約なのに、請求書も受領書もない、だと」

カタリナが目を瞠《みは》った。

「そりゃあ、何十年も前から、ガロンゾはそうやってっからなぁ。不思議に思ったこともなかったぜ。まぁ、義理堅い連中ばっかりだからなぁ。きちっと紙にまとめなくても契約を破る奴なんぞ……」

ヤングが言って、オイゲンも頷いた。

「そういや、そうだったな。オレもここじゃそういうもんだと思ってたがよ。まあ、ともかくこれでグランサイファーの補修のメドはついたわけだ。良かったじゃねえか」

「そりゃ、そうなんだがなぁ」

ラカムがまだ腑に落ちないという顔をしていた。

「はいはーい。じゃあ、修理が終わるまで好きにしていいのよね？　あたし、この島を見学してみたいんだけど」

イオが言った。

6

「まあ、この街じゃ、問題は起きないと思うが、街で会ったら気をつけなよ」

酒場の主、ヤングが店を出る僕たちに言った。

帝国の戦艦が港に留まっているという話だった。

港では見かけなかった。それも道理で、僕たちの停泊した第一ではなく、島の下のほうにある港に留まっているのだという。だから騎空艇の整備のためではない。

帝国といえどもこの島では揉《も》めごとは起こさない、とヤングは言うのだが、といっても相手は帝国である。島にやってきている騎空士たちは誰もが距離をとって用心しているらしい。

だから店主もさりげなく忠告してくれたわけだ。

カタリナが往来を歩く人々を見つめながら言う。

「帝国の戦艦が来たというわりには街の様子は変わりないようだな」

「船大工の島でしかねぇんだが……まあ、帝国さんも手は出しづらいってことかねぇ」

オイゲンが言った。

覇権の意思を隠さない帝国だが、ガロンゾ島は中立地帯となっているらしい。戦艦で乗りつけたわりには武力行動の類は控えているということだ。ただし、どこまで信用できるのかは判らない。

「会ったら、そのとき考えましょう。それより、ルリアちゃん、何か感じるかしら？」

ロゼッタが言った。

帝国兵と聞いて僕たちの間で弛《ゆる》んでいた空気が引き締まったのだ。そして、そうなると、いつものように気になってくるのは――。

「星晶獣《せいしょうじゅう》、ですよね……。ええとその……それが何か感じるような気がするんですけど、ちょっとヘンなんです」

「ヘンって？」

「いる、と思うんですけど……。なんだか、薄いんです、気配が」

石畳の街並みを並んで歩き、通りの両側にある様々な店を覗《のぞ》きこみながら僕たちは散策していた。

ルリアは時折り立ち止まっては空気の匂《にお》いを嗅《か》ぐように星晶獣の気配を探っていたけれど、どうもうまく摑めないようだ。

「まあ、何か感じたら教えてくれ、ルリア」

「はい」

「しっかし、懐かしいな。ほとんど街並みが変わってねぇや」

ラカムが通りを眺めながら言った。

「この先をずうっと歩くと街の外れに出るんだけどよ」

指さす先を見ると、酒場の前の通りは遥《はる》か先で門に達していて、その向こうに緑の平原が広がっているのが見てとれる。

「君は、あの酒場にはオイゲンと出入りしていたと言ったな」

カタリナが言った。

「ああ。こうしてみると、迷いようがねぇ街なんだけどな。一度だけ迷子になったことがあるんだよ。そのときは、あの門の外まで出ちまった。迷子になって、それで……誰か、誰かに……」

ラカムの目の焦点が合わなくなる。ぼうっとして、またもや空を見上げていた。

「思い出せねえなあ。なんかこう、引っかかってるんだが」

「無理しなくても、こうして歩いていればそのうち思い出すんじゃないかしら」

「なんか、恥ずかしい思い出でもあるんじゃあねえのか？」

「ば、バカいえ。そんなわけあるか！」

オイゲンにからかわれてラカムが慌てて反論した。

「うふふ。思い出せないのじゃなくて、思い出したくないっていう可能性も――」

ロゼッタが急に黙り込んだ。

「どうしたんだ、ロゼッタ」

「ええと……。アタシ、思い出したんだけど、ほら、騎空艇の整備って艇の乗員の立ち会いが必要だったわよね」

唐突な言葉に全員の足が止まる。

「……まあ、そんな場合もあるだろうけどよ、ガロンゾじゃ、任せておけば間違いねえって」とオイゲン。

「いえ、そういうわけにはいかないわ。ほら、決まりは守らないと。みんなはこのまま島の見学を続けてちょうだい。アタシはグランサイファーの見張り番に戻るわ」

そう言って、くるんと背中を向けた。今にも走り出して戻りそうな勢いだった。

「ちょ、ちょっとまてや姐《ねえ》さん。初めての街に女性ひとりでおっぽりだすわけにいかねえだろうが」

「だいじょうぶよ、アタシは」

ロゼッタが言った。

謎《なぞ》の多い女性だ。ひとりでだいじょうぶという言葉も、あながち根拠がないわけではない。それは共に旅をしてきている僕たちにも判る。

だからといって、放《ほう》り出《だ》すのも違うと思う。

「わぁった。オレが送るわ」

オイゲンが言った。

先に行っててくれとオイゲンに言われ、ラカムは通りの奥を指さした。

門が見えているほうだ。

「たしか、あの門を出たとこに公園みたいなのがあったよな。そこで待ってるぜ」

「おう。じゃあ、姐さん送るからよ」

「うふふ。ありがとう、オイゲンさん」

ロゼッタとオイゲンの背中が小さくなるのを見守ってから僕たちは歩みを再開した。

通りを端まで歩き、門番に告げてから門を出る。

見渡す限りの緑の野原が広がっていた。

空が大きく見える。

門を出てすこし歩いた先に、公園が見えた。

小高い木が幾本か植わっていて芝生《しばふ》もある。

ひざ下までの柵《さく》で覆われた小さな空き地の真ん中には支柱と屋根だけが存在する四阿《あずまや》があって、その周りには子どものための遊具がいくつか置いてあった。

「見て！　ほら、これ騎空艇じゃない！」

イオが遊具のひとつに駆け寄る。

僕たちも後に続いた。

芝生に置いてあったのは、騎空艇の模型だった。小さな——十歳くらいまでの子どもならば、上にまたがることができそうだ。おとなが乗ったら壊れるかもしれないが。

上下二層の騎空艇らしいのだけど、木彫りの彫刻みたいなものなので、上層と下層の間には隙間《すきま》がない。

「なんとなくグランサイファーに似てます」

ルリアが言った。

言われてみれば丸みを帯びた艇体も、左右に翼があるところも同じだ。ただ、グランサイファーよりもずんぐりとしている。

「さすがは船大工の島ね」

「いや、これは船大工の仕事じゃねーんじゃねーのか？」

ビィが突っ込んだ。

それでも、子どもの遊具にまで騎空艇の形を模したものがあるのだから、ガロンゾが騎空艇乗りの聖地扱いされるのも判る気がした。

「見事だな。こうしてぴったりとくっついている翼を見ると、この島の職人の腕が判るというものだ。グランサイファーも、無事に直ればいいが」

「カタリナさん、それで、艇が直ったら、次はどこへ？」

「そう……だな。まだはっきりとは決めてないが」

島の見学、と言いつつも、僕たちときたら次の旅の予定を話してしまう。

「あたしたちはファータ・グランデの外に行くのよね？」

「ああ」

「でも、それには《空図《くうず》の欠片《かけら》》が必要なんだよな……」

ビィが言った。

「そうだ。それがないと《瘴流域《しょうりゅういき》》を抜けられない。そして、その《空図の欠片》は星晶獣が秘匿している――と言われている。おそらくは星の民が隠したのだろうな」

このまま島を巡り続けて、新しい星晶獣と出会うことで、欠片を手に入れる。

なんとなく僕たちが思い描いているのは、そういう旅だった。

「でも、私はこの空域を抜ける前にもういちどオルキスちゃんに会いたいです。会って、ちゃんとお話ししたい」

俯《うつむ》きながらルリアが言った。

「それに……」

「ルリア……君の正体、か」

「はい。私は自分が何者なのか知りたいんです」

ルリアは帝国に追われている。その理由は彼女が《機密の少女》だからだ。

だが、果たして機密とは何なのか。

ルリアには星晶獣を従えることのできる不思議な力があるのだけれど、それと関係があるのか。そしてそんな力をルリアが持っているのは何故《なぜ》なのか。

僕たちはそれらの問いにどれひとつとして答えることができていない。

「私は知りたいんです」

ルリアがもう一度繰り返した。

みな黙ってしまって何も言えなくなった。

広がる草の原を渡ってきた風がルリアの青い髪を揺らしている。

うつむいた彼女の胸元で青い宝石が日の光を受けてきらりと光った。


「それは時が来れば判ることだよ、ルリア」


思いがけない声。

いつの間にそこに居たのか。

僕たちの後ろに立っていたのは、長い銀の髪を片側でお下げにした少年だ。

奇妙な形の杖《つえ》をもっていた。


「君は何も心配する必要はない。それよりも、この島から出た後の心配なんて、少し気が早いんじゃないかな?」

杖をもった少年は、イオと同じくらいの歳に見えるくせに、妙におとなびた口調でそう言ったのだった。

第2章
淡い約束

1

目の前にいる少年の年齢はイオと同じくらいだと思う。十か、それくらい。

身体《からだ》は小さい。僕よりも頭半分くらい小柄だ。

華奢《きゃしゃ》な肩、太陽を浴びてないのではと思ってしまうほどの白い肌、身体つきもすらりとしていて、ふわりと広がった袖《そで》から伸びる腕も細かった。

優しく整った顔立ちをしていて、よく見なければ少女と間違えそうだ。

真冬の空のような透き通った青い瞳《ひとみ》をもっていた。その瞳もまた見つめていると吸い込まれそう。

ただ――。

薄々自分でも感じてはいたけれど、僕はどうもひとよりも好奇心が強いらしい。

僕は彼がもっている杖《つえ》のほうにより関心をもってしまう。

不思議な形をした杖だな、と。

身体を支えるためであれ、武器として使うのであれ、こんな奇妙な形の杖は見たことがなかった。

柄の細さに比べて、地面を突く杖の先は顔と同じくらいの幅のある平たい板になっていたのだ。

杖というよりも、巨大なヘラみたいに見える。

平たい板と柄との境には青く大きな宝石が嵌《はま》っていた。ということはやはり装飾品としての杖なのだろうと推測がつく。だよね？

「久しぶり、ラカム」

僕たちの前に立った少年は静かな声でそう言った。

てっきり知り合いなのかと思った。

けれど、ラカムは虚を衝《つ》かれた顔をして、戸惑うように口籠《くちご》もる。

「え、あ……？　いや、ワリィ。……誰だ？」

「そうか。まあ、君は幼かったからね……」

イオと同い年くらいに見える少年がそう言ったのだ。

一瞬だけ、僕は少年がハーヴィン族なのかな、と思ってしまった。ハーヴィン族はおとなになっても、ヒューマンの子どものような姿かたちのままだから。

けれどもすぐに気づく。ハーヴィン族のような尖《とが》った耳はもっていない。僕と同じヒューマン族に見える。ということは、見ためどおりの年齢のはずだ。

「でも、思ったよりも変わっていないな、安心したよ」

ラカムをやや見上げるようにしてそう言うのだ。

どう見ても親しい友人か何かのような口ぶりだ。

それに対してラカムは自分がどう振る舞ったらいいのか判《わか》らない、という顔をしてい

た。ここまで困惑した表情をするラカムを僕は初めて見た。

　ルリアがラカムに問いかける。

「あの……知り合いさん、なんですか？」

「……あ、いや――」

　違う、と言いかけたラカムの言葉を止めたのは、おそらく少年の顔に浮かんだ表情だった。青い瞳にすこしだけ映る不安の影。何かを堪《こら》えるようなきゅっと結ばれた唇。

　彼の顔にかすかに浮かんでいるのは怖《おそ》れの表情だった。

　憶《おぼ》えてない、と言われたら泣き出してしまうのではないかと思わせるような。ラカムは、そんな顔をされて即座に否定できる性格ではない。

　そのときラカムの代わりに少年へと問いかけの声がかかる。

「お前さん、何者だ？」

　ロゼッタを港へと送り届けたオイゲンだった。

　ようやく追いついたのだ。僕たちの会話を聴き取ったらしい。

　声を聞いた少年は微笑《ほほえ》みながら振り返る。

「ああ、オイゲン……君も変わらないね」

「あん……？」

　オイゲンはすっと目を細めた。

　相手の正体を探るような目つきだ。

「やれやれ君もか……。そんなに長い時間が経《た》ってしまったかな」

「ちょ、ちょっと待ってくれ。オレはほんとに覚えがねぇんだけどよ。あんた、いったい誰だよ。オレの知り合いか?」

ルリアがふと思いついたように口にする。

「あ、じゃあ……もしかして、前にガロンゾに来たときに会った人、とか」

「そんなわけないと思うけど……」

イオがぼそりと言った。

「えっと、なんでですか?」

「なんでって……」

イオが絶句したのも判る。

ルリアは時々ものすごくヘンなことを言う。

目の前の少年は十歳ほどに見えていて。そして、ラカムがガロンゾ島へと来たのは二十年ほど前だと聞いたばかりだ。

ふつうに考えれば、目の前の少年は生まれてきてさえいないはず——。

ありえない、と考えるべきだろう。

なのに、ルリアには自分の言ったことのどこがヘンか判っていないようで、そこがますます妙なのだった。

少年が笑みを浮かべつつ言う。

「そう、彼女の言うとおりさ」

　耳を、疑う。

「前にラカムがこの島に来たときに僕たちは知り合ったんだ」

「ば、バカ言え……そんなわけが……」

「やれやれ。僕たちは随分と劇的な出会いをしたはずなんだけど。ふふ。馴《な》れ初《そ》めはね……ラカムがオイゲンとはぐれ、見知らぬこの島で迷子になったときだ。大声で泣きながら裏通りを走っていたね。まだ僕よりも拳《こぶし》ひとつぶんほどは背が低かった。半袖の服を着ていて赤い手袋をしていたっけ。風避《かぜよ》けの眼鏡を当時から引っかけていたけれど、残念ながらあまり似合ってはいなかったかな」

「ちょ、ちょっと待った！　なんでそんな話になるんだ⁉」

「なぜって……あのときの様子を克明に語れば、信じてもらえるかと思ってね。で、ラカムは迷った末に裏通りから抜けると、ちょうどあの——」

　振り返って街の門のほうを指さした。

「門を飛び出してしまった」

「えっ、あ？」

「思い出してきたかな？」

「あ、いや、確かに道に迷ったことはあるが……」

「ふふ。そして広い平野に出たところでラカムは気づいたんだ。魔物の行き交うおっかない街の外へと出てしまった、とね。心細くなって泣きじゃくりながら、必死にオイゲンの名を呼んでいて……」

「へー。ラカムが泣いて、ねぇ」

「信じらんないわ」

ビィとイオが互いに顔を見合わせながら言った。

ラカムの顔色が変わった。

「可愛《かわい》いものだったよ。そのときの彼の顔ときたら……」

「う、うわぁぁあ！　ま、待ってくれ！　やめてくれ！」

ラカムの声がうわずったものへと変わっていた。

「見てみたかったぜー」

「見てみたかったわよねー」

息を合わせる二人、いや一人と一匹をラカムが苦々しげに睨《にら》むけれど、当の二人は思わぬ良い情報を得たとばかりに頷《うなず》き合っていた。

いやだから、そもそもその情報、信じていいのかな？

「わぁ。ちっちゃい頃はとっても可愛かったんですね！」

ルリアが言った。

とどめだった。

ラカムががっくりと膝《ひざ》をついて項垂《うなだ》れてしまう。

「そういや、いちど姿を見せなくなって、えらい夕方になって帰ってきたことがあったよな……あのときか？　えっ、いやまさか……」

オイゲンが首を捻《ひね》る。

そこに割って入ったのはカタリナだった。

「割り込んですまない。少年……君は先ほどルリアに対して『島から出た後の心配なんて気が早い』と言ったな。それは、どういう意味だ？」

その場でもっとも冷静だったのはカタリナだった。

僕らが少年の正体を探り出すことができずに驚いているだけだったときにも、カタリナは少年を観察しつづけ、発言を思い返していたのだろう。そうして気になった小さな言葉を拾いあげてぶつけたのだ。

「言葉通りの意味さ。なにせグランサイファーはいま、この島を出ることができないからね」

「なに？」

「グランサイファーは飛べないんだ」

「それは……まあ、確かだ。私たちはグランサイファーを修理しなければならないと思っている」

「そういう意味ではないよ。いかに整備しようと、この島を離れることはできないんだ」

「それは……どういう」

このときには僕たち全員が少年の放つ言葉に引き込まれていた。

少年がなぜ僕たちの艇《ふね》の名前を知っていたのかさえ尋ねることを忘れるほどに。

「グランサイファーは飛ぶことができない。ラカムがかつてした、とある約束を果たさないと……ね。艇がなければ君たちはこの地を離れることはできない。この島を出たあとの心配なんて気が早いとは、そういうことだよ……」

「わけが判らねぇぜ……」

オイゲンが唸《うな》る。

「あの日、ラカムは僕に約束してくれたんだ」

「約束……？　俺が、お前とか……？」

少年が頷いた。

「忘れてしまったようだね。でも、これだけは、僕が教えてあげるわけにはいかないんだ。それもまた約束の一部なのだから……。そして、その約束がグランサイファーをこの地に縛りつける」

そう言って少年は寂《さび》しげな笑みを浮かべるのだった。

「どういうことよ、それ！」

遂《つい》にイオが切れた。

食ってかかろうとしたイオの足を止めたのは、強い制止《フリーズ》の声だ。

「イオ・ユークレース、及び騎空艇《きくうてい》グランサイファーの騎空士たち。この場における、あなたたちのそれ以上の発言を慎むよう命じます。おとなしくしなさい」


冷たささえ感じる、落ち着いた、女のひとの声だ。

続いて僕たちの周りを取り巻くように大勢の足音があがる。

「帝国兵！　いつの間に！」

カタリナの声に、僕は咄嗟《とっさ》にルリアを背中に庇《かば》う。

少年に注意を向けていたせいで帝国兵たちの接近を許してしまったようだった。

「てめぇは……」

オイゲンの怒気を孕《はら》んだ声にも僕たちに命令した人物は動じなかった。

エルーン族の年上の女性だ。眼鏡をかけていて、獣のような三角の耳を頭の両側にもっている。革の軍服の上に白い上衣《コート》を羽織っていた。

僕たちの前に立って眼鏡の奥の目を細めた。

「静かに、と私は言ったのです。あなたたちに発言の許可は与えていません」

「なんなのよ！　偉そうに！」

イオの言葉に、彼女の両脇にいた兵士が剣の柄《つか》に手を当てる。

その兵士たちの行動を、すっと手をあげるだけで止めさせた。

この場の主導権を握った彼女はどうやらかなりの身分の持ち主だと見当がつく。

だが、誰だ？


「私はフリーシア・フォン・ビスマルク、エルステ帝国の宰相《さいしょう》を務める者です」

堂々とそう言い放ったのだった。

2

「帝国……宰相だと……」

カタリナが啞然《あぜん》とした顔になる。ありえない、という顔つきだ。

「さいしょう？」

「小さいんですか？」

イオとルリアが言った。いやそうじゃない。

「宰相というのは『王に国政を任せられた者』を言うんだ。この場合は、エルステ帝国の皇帝に政治を任された者、ということになる」

「えっ、それじゃあ」

イオが驚いていた。

ルリアはまだ良く判ってないようで首を傾《かし》げている。

「えっと、つまり……とっても偉いひとっていうことですか？」

「とっても、どころじゃないぞ、ルリア。帝国では皇帝は国政の場から長く遠のいているからな。エルステ帝国宰相だというならば、それは帝国の最高位ということだ」

帝国のトップ！

まさか！

「静かに、という言葉の意味をあなたたちは知らないようですね。それに、私ごときを皇帝陛下と同列に語るなどおこがましい」

「皇帝陛下……だと？」

「私は、陛下の命令に従っているにすぎません。そして、これ以上のことをあなたたちに語る必要性も感じていません。赤いトカゲを連れた騎空士……あなたがこの騎空団の団長ですね？」

「えっ、いえ、僕は……」

僕の隣に浮いていたビィを見て、それから宰相は僕に視線を移した。

そんな偉そうなものじゃない、と僕に口を挟ませる隙《すき》もなく、帝国宰相だという女性は一方的に言い放つ。

「あなたたち騎空団に対し、エルステ帝国は国の研究資材であるルリアの返還を求めます」

ルリアが身体を竦《すく》ませたのが背後に庇っていた僕には判った。

「それはなしになったはずだ！」

僕は思わず言っていたんだ。

宰相――フリーシアの瞳が冷たい光を帯びた。

「意味が判りません」

「あなたたちの……フュリアス将軍が『もうルリアを追わない』と約束したんだ！　忘れたとは――」

「ああ」

フリーシアがわずかに口角をあげた。笑みを浮かべる。

「あれは少将の独断です。我々の与《あずか》り知《し》るところではありません」

「なっ！」

「そもそも少将ごときが帝国の方針を変えられるわけがないでしょう？　あれは彼が勝手に言ったこと――といえば良いですか」

「そんなこと……」

覚悟していたことではある。あれはヴィーラと共にフュリアス将軍が仕掛けた罠《わな》だったのだ。最初の約束も単なる口実に過ぎない。

書類を交わしたわけでもない、単なる口約束にそこまでの強制力などあるはずもなかった。

それでも心の奥底から湧《わ》いてくる怒りを僕は感じていた。

「宰相殿、申し訳ないが、私たちにルリアを手放す気はない。このままお引き取り願おうか」

カタリナがきっぱりと言った。

「黙りなさい。貴女《あなた》に意見を求めてはいません」

「なっ！」

「やれやれ、やっぱり帝国のやり口だぁな。おい、それでオレたちを追いかけてたはずのあいつ——黒騎士の奴はどうした？　帝国最高顧問——つまり、あんたの腹心の部下のはずだろう？」

オイゲンが問いかけた。

そういえば、と僕も思い至る。黒騎士はあれだけルリアを追いかけていたのに。

ふとドランクとスツルムのことも思い出した。霧に包まれた島からはもう離れただろうか。あの二人は黒騎士に雇われた傭兵だったはずだけど、そういえばあの島でも彼らは黒騎士と離れて行動していたのだ。

どうして黒騎士はこの場にいないんだろう？

フリーシアは沈黙を返す。

応《こた》えはフリーシアの背後から聞こえた。聞き覚えのある声だった。

「それをあなたたちが知る必要はありませんネェ」

「ヘンなヒゲのおっちゃんじゃねえか！」

「ポンメルン……また、貴様か」

帝国兵たちの輪の後ろからフリーシアの隣へと歩み寄ったのは、帝国軍のポンメルン大尉《たいい》だった。

そういえば、ルリアを捕まえに来て僕の故郷ザンクティンゼルの村を攻め立てたのはこの男だった。《魔晶《ましょう》》と呼ばれる帝国の開発した術を使い、ヒドラを操っていたっけ。

あのときルリアがいなければ僕はヒドラの炎で焼かれて死んでいた。

ただ、その時の影響でルリアと僕の魂は繋《つな》がってしまって、離れられなくなってしまった。そして僕は星の島イスタルシアを目指して旅立つことになったのだ。

「罪もない村を焼き、アウギュステでは、もう少しで街ひとつを海の藻屑《もくず》にするところだったな。それが帝国軍人のすることか！」

「カタリナもぉと中尉ィィ！　貴女は相変わらず上のものに対する礼儀というものをわきまえませんネェ！」

「ならば上官らしい振る舞いをしたらどうだ？」

「カタリナ中尉ィィィィィ！」

「黙りなさい」

咎《とが》めるでもなく、ふつうの声で言っただけだ。

それなのにあのポンメルンが口を閉じた。

その瞳には宰相に対するわずかな怖れのような光さえ見てとれた。

「大尉の行いは全《すべ》て、帝国への高い忠誠心の表れにすぎません。そうですね？　ポンメルン・ヴェットナー大尉」

「も、もちろんですともォ！」

「ゆえに今後も帝国のために粉骨砕身《ふんこつさいしん》してくれることでしょう」

「不肖ポンメルン、この身を、生涯に渡って帝国臣民のために尽くすことを誓いますヨォォ！」

ポンメルンの調子のいい言葉にも、フリーシアは表情を変えなかった。

「では、ルリアの捕獲を命じます。間違いなく連れてくるように」

一方的に言い放つと、フリーシアは背中を向ける。

兵士たちの輪の外へと去っていった。

ポンメルンがにやりと笑う。

「では、ルリアを渡してもらいましょうかネェ」

「断る！」

「返事は聞いてませんヨォォォ！」

ポンメルンは先端に黒い宝石――《魔晶》の付いた杖を取り出すと、それを僕らのほうに向かって突き出した！

兵士たちの輪の向こうから、黒い影が僕たちの前に飛び込んでくる。

「なんだ!?」

ラカムの驚いた声。

その影は翼をもつ小さな竜のような姿をしていたが、生き物ではなく作り物めいた身体をもっていた。

肌は黒曜石のごとき光沢を放ち、刺青《いれずみ》のような光る紋様《もんよう》を身体に纏《まと》わせている。

まるで石の彫像にも見えたが、生きて、動いていた。

「《ガーゴイル》かよ!」

「こんなところで魔物を放つとは……ポンメルン、貴様!」

「さあ、おとなしくルリアを渡しなさいィィィ!」

3

のそりと巨体を揺らしてガーゴイルが歩を進める。

入れ替わるように帝国軍の兵士たちが後ろへと下がる。

こんな光景を僕は前にも見たことがある。

故郷のザンクティンゼルでヒドラに襲われたときだ。あのとき、僕はルリアを庇う以上のことはできなかった。ルリアの前に立ち、ヒドラの吐く炎の吐息をこの身に浴びることでしかルリアを護《まも》れなかった……。

だが今は――。

僕は……僕らは一人じゃない。まるで昔からそうだったかのように、僕たちは自然と息を合わせて動いている。

「大尉、こいつら！」

「少しはモノを考えるようになったみたいですネェ！」

僕たちはまずはルリアとイオを庇い、二人を囲うようにして武器を構えた。

オイゲンが後ろに、ラカムが前に立って銃を持つ。銃と魔法は遠くまで届くから敵に近寄る必要がない。

僕とカタリナは剣だから、相手に接近するしかなかった。

カタリナは細身の剣であるルカ・ルサを、僕はイルウーンと呼ばれる幅広の剣を手にしてガーゴイルに近寄る。『そろそろ君にはもっと強くて相性の良い武器が欲しいな』とカタリナは言うのだけれど、僕にはまだ剣以外の武器を試してみる余裕はない。

キィエエエエ！

ガーゴイルが奇怪な鳴き声をあげる。空気が震え、僕たちの心臓をぎゅっと鷲掴《わしづか》みにする。魔物のなかには、聞くだけで身体が恐怖に縛りつけられてしまう鳴き声の持ち主もいるけれど、幸い、このガーゴイルの声にはそんな効果はないようだ。

ビィが叫ぶ。

「姐《ねえ》さん、くるぜ！」

ガーゴイルが翼を打ち振ると、乾いた地面から土埃《つちぼこ》りが立って僕たちの視界に紗《しゃ》をかける。怪物の巨体がふわりと持ち上がり、見上げる高さから襲いかかってくる！

ほぼ、同時。

カタリナの構えている剣から青い輝きが広がって僕たちを包みこんだ。

《光の壁《ライトウォール》》だ。

水の元素の力を操り、カタリナは僕たちの身体を衝撃から庇う皮膜を作りだした。この防護の皮膜は一度衝撃を受ければ霧散してしまうが、それでも敵の致命的な一撃に耐える力を与えてくれる。

おそらくはカタリナもあのときのことを憶えているのだ。

この技を使っていれば、ヒドラの炎の吐息も半分とは言わないまでも、それに近いほどは防げたに違いない、と。

続いて銃声があがる。

オイゲンの放った弾丸がガーゴイルの眉間《みけん》に当たった。

さらに二発。ラカムだ。続けざまの素早い射撃《クイックショット》。わずかの狂いもなく二発とも、オイゲンの撃ちこんだのと同じ場所に吸い込まれた。

ヲヲ！

ガーゴイルが顔を仰《の》け反《ぞ》らせた。

だが――。

「えっ、当たったのに……！」

ルリアの驚いた声。

「かてえな、おい！」

オイゲンも呆《あき》れたとばかりに声をあげる。

弾丸は、飛びかかってこようとしていたガーゴイルをわずかに怯《ひる》ませただけで終わり、額のあたりの皮膚をかすりとっただけだった。金鎚《かなづち》で岩を叩《たた》いたときのような音が響き、小石の欠片《かけら》のようなものが飛び散っただけだ。

「ちょっと！　ぜんぜん効いてないじゃない！」

イオの声も悲鳴に近かった。

まさか、ほんとに彫像なわけじゃないよね⁉

「ガーゴイルは古代の遺跡を根城にする魔物で、魔法使いたちによって作られた命なき物だという説もあるが……」

カタリナが呟《つぶや》いた。

「命なき……ゴーレムみたいなヤツってことですか」

僕たちは《フレイメル島》や《ルーマシー群島》で、人によって作られた魔物と戦ったことがある。こいつもそういう類《たぐい》のやつなんだろうか。

それをポンメルンは《魔晶》の力で操っているのか。

「議論している暇はなさそうだな。来るぞ！」

「はい！」

一度はオイゲンとラカムの銃に怯んだガーゴイルがふたたび襲いかかってきた。

カタリナの剣がガーゴイルを迎え撃つ。

時間差をつけて僕の剣がカタリナの剣の軌跡をなぞるように動いた。

続けざまにガン、ガンと硬い音があがった。

「くう……っ！」

手が、しびれた。

「グラン！」

ルリアの心配そうな声。大丈夫だ。そう伝えたくて僕は無理して顔に笑みを浮かべる。

だが、内心は焦りを感じていた。

こいつ——土の元素の魔物なのか！

二度、ほぼおなじ箇所に斬《き》りつけたはずなのに、ガーゴイルの身体には見えるほどの大きな傷はついていない。銃で撃たれたときと同じだ。

カタリナのルカ・ルサは水の元素属性を帯びた剣であり、僕のイルウーンは土の属性を帯びた剣だ。どちらも土の属性を帯びた魔物相手には効果的ではないのだ。

土を剋《こく》するのは風。

風の元素に偏った武器や魔法で戦う必要があった。

「カタリナさん！」

「ああ、判っている。グラン、君はたしかロゼッタから風の元素に偏った短剣を預かっていたな……」

「……はい」

だが、短剣で果たしてこいつを倒せるんだろうか？

背中のほうから声がする。

「なあなあ、ルリア、《ティアマト》は呼べないのかよ！」

ティアマトは風の大星晶獣《だいせいしょうじゅう》だ。そうだ。確かにあの星晶獣なら……。

「無理です！　あんな大きな子を呼んだら、このあたりのものがみんな壊れちゃいます！」

「けどよぉ、このままじゃオイラたちみんな死んじまうぜ！　どうせオイラたちとあいつら以外は誰もいないんだし――」

「ダメです。この島の人たちが困るようなことは、私、し、した、したくないいんです、」

「それに、この島だって、ただじゃすまないわよ！」

ルリアもイオも反対していた。僕もそのとおりだと思ったんだ。ガロンゾの人たちが困るようなことはしたくない――と。

どうやら援軍は期待できない……か。

僕はもっていたイルウーンをその場に落とした。両手を空ける。

「ほォ。どうやら、観念したようですネェ。もっとも……、武器を捨てても容赦はしませんヨォ。欲しいのはその化け物だけ。それ以外は、吾輩《わがはい》たちには必要ありませんからネェ！　我が帝国とその臣民のため、あなたたちには、そのまま魔物の供物《くもつ》となってもらいますヨォォォォ！」

　こいつ――――！

「まだ、言うのか……」

　自分の声の冷たさに自分でも驚いてしまう。だが、止められない。

「な、なんですか、あなたァ……」

「まだルリアを化け物なんて言うのか……」

　ガーゴイルから視線を外すわけにはいかない。

　魔物は、人の会話の行く末を黙って見届けてくれるような芝居じみたことはしない。

　だから僕の目はポンメルンを見ていなかった。

　それでも口は動き、言の葉を紡《つむ》いでいた。怒りを込めつつ。

「ルリアは化け物なんかじゃない！」

　叩きつけるように叫んだ。

「な、なにを……」

「帝国臣民のため、とか。どうしてそこだけ特別にできるんだ！　ルリアと彼らと僕らと何がちがうって言うんだ！」

「当然ですネェ、帝国は偉大であり――――ゆえにその臣民は――――」

「ちがう。当然じゃない！」

「グラン……」

僕の声の大きさに傍《かたわ》らにいたカタリナさえ驚いているのが判る。

だが、今の僕は小さなザンクティンゼルの島しか知らなかった頃の僕じゃない。

僕は知っているんだ。

ヒューマンの交易商人で溢《あふ》れるポート・ブリーズ群島を……寡黙《かもく》だが手先の器用なドラフの職人たちが数多く住む鉄の島フレイメル島を……「海」を擁し、人付き合いの得意なハーヴィンたちによって観光と商売で栄えるアウギュステ列島を……人嫌いなエルーンの隠れ住む森の島ルーマシー群島を……。

住んでいた人々は島ごとに特徴があって、暮らしも違えば、常識も異なっていた。

騎士を、他の浮島《うきしま》に送り出すことで独立を保っている城砦都市《じょうさいとし》もあった。

彼らは島にいる間は仲良く暮らし合いながらも、島を出たら互いに命を懸けて戦い合わねばならない。騎士としての価値がなくなれば彼らの母校は——彼らの暮らした島は——滅びるから。

第二の故郷である城砦都市を護るためにも彼らは仕えた主君のために戦う。

旧友同士で戦い合うことになるという異様な未来を彼らは当然のように承知していた。

そして、幽霊しか住んでいなかった霧に包まれた島……。

百年もの間、死を奪われた島に住んでいた人々は、決して眠ることなく、空腹を覚えることもなく、もはや病に罹《かか》ることもなく……変わらない風景を見つめて過ごしていた。

では、僕たちと幽霊たちは何か違っていただろうか？

あの子は——フェリはどうだ。

ひょっとしたらあの子はルリア以上に特殊かもしれなかった。この空の下に存在する今やたった一人の幽霊かもしれない……。

でも、僕らは知っている。

島を出た妹の行く末を、幽霊となり百年を経てもあの子は案じていたんだ。

空域には大勢の人がいる。

嫌な人だっているだろう。

嫌いな人だってできるだろう。

悪人も、泥棒も、殺し屋だっているかもしれない。

けれど、それは人を化け物扱いしていい言い訳にはならない。ならないはずだ。

奇妙な——しばしば異常にも思える暮らしを送ることさえあるファータ・グランデの島々だけれども、それでも触れ合った人々はみな——。

「ルリアは化け物なんかじゃない。ルリアは……ルリアだ。僕たちの仲間だ！」

「ああ……、そうか、君がグラン、なんだね……」

場違いなほどのんびりとした声が聞こえた。

あの銀髪の少年の声だった。

4

静かな落ち着いた声。

イオと同じくらいの歳の少年のものとは思えない。

「あの子……グランサイファーはグラン、君のための艇だったんだね」

少年は騎空艇を「あの子」と呼んだ。聞き覚えのある言い回しだと思ってしまったのは、星晶獣を「あの子」と呼ぶルリアのことを思い出したからだろうか。

「あの艇は君を待っていたんだ……」

少年は言った。


グランサイファーが僕を待っていただって？


訳が判らない。

ラカムが言っていた。グランサイファーは覇空戦争当時のものだと。

あの青い艇がポート・ブリーズの草原に落ちたのはもう数百年も前のことだ。

フェリはグランサイファーを最新型の騎空艇と勘違いしていたけれど、それはラカムの整備のたまものであって、艇の心臓である炉は、もし壊れたら取り換えの効かないほど古いものだという。

それにあの艇をポート・ブリーズから飛ばしたのはラカム――。

「グラン！」

ガーゴイルが飛んだ！

やはり魔物は人間同士の会話など慮《おもんぱか》ってくれない。

翼を広げてふたたび空を舞うと、背中の翼を畳んで僕たちのほうへと突っ込んでくる。

両手に何ももっていない僕をガーゴイルは狙《ねら》ってきた。

だが怒りに支配されていたはずの僕の頭はそのとき不思議なほど冷静だった。

叫ぶ。

「来い！」

ガーゴイルは両腕を顔の前で交差させ、尖った爪《つめ》を僕に向かって突き刺そうとする。

完璧《かんぺき》に避けることは不可能。

だが――カタリナの《光の壁》があるから一撃は耐えられるはずだ。

ガーゴイルの長い爪が僕の顔を狙って迫ってくる。

まるで時の流れが遅くなったかのように感じた。

爪が、僕の頭を串刺《くしざ》しにしようと――。

ギリギリで避けた。

避けきれずに切り裂かれたのは——肩だ。肩当てが吹っ飛び、衝撃と鈍い痛みを僕は感じるが、本来ならば「痛い」で済むような攻撃ではない。

彫像めいたガーゴイルの顔が邪悪な笑みを形作り、歪《ゆが》んだその口が僕の顔のすぐ脇を通る。

負ける、ものか！

すれ違う一瞬に、僕は魔物の肩へとロゼッタから借りた風の短剣を突き立てていた。

そのまま、身体をぶつけるようにして体重を乗せ、斬る。

短剣はガーゴイルの肩から脇腹へ。

刃《やいば》の両側から風の元素が流れ出した。吹き出す青い風の流れが視《み》える気がする。

「風よ！」

まったき真空となった短剣の軌道。そこに——次の瞬間、一気に風が流れこんだ。

「爆《は》ぜろ！」

爆発するような音を立てて、ガーゴイルの腕が落ちた！

ギィエエエ、と怪鳥のような声で天に向かって鳴いた。

「よくやったぞ、グラン！」

「カタリナ、みんな、伏せて！」

イオの叫ぶ声を聞いて、僕たちは慌てて身を地面に投げた。

「いっけえええ！」

イオの魔法だ。

《元素の突風《エレメンタルガスト》》！

突きつけた杖の先から魔力を込めた一撃がまっすぐにガーゴイルへと飛ぶ。

魔物へと当たり、弾《はじ》けて、青い水の飛沫《しぶき》をあげた。

吹っ飛ばした。

二十歩以上は宙を飛んで、ガーゴイルは帝国兵たちの輪の外側に落ちた。

帝国兵たちがざわめく。

「役に立ちませんネェ！」

ポンメルンの激昂《げっこう》する声が聞こえるが、そのときには僕たちはもう起き上がっていて、帝国兵たちの次の攻撃に備えるべく得物を握りなおしていた。

だが――。

「てめぇ、なにをしやがる！」

怒ったようなラカムの声だ。

ガーゴイルがもう動かないのを見てとると、僕はラカムの声のほうへと顔を振り向かせた。

ポンメルンが、捕まえた人物の両腕を背中のほうへと曲げて、剣を突きつけている。

捕まっていたのは――。

カタリナが叫ぶ。

「なんのつもりだ。ポンメルン！」

「それ以上は近寄らないことですネェェェ！」

剣の刃を、人質とした銀髪の少年の首筋へと当ててポンメルンは言った。

「おいおい。そいつぁ無関係だろうが、帝国の将校さんよぉ」

オイゲンの言葉にも応じずに、じりっとポンメルンは人質とした少年――奇妙な形の杖を持った彼とともに後ろへと下がる。

「おやおや……これは困ったな」

落ち着いた声は少年のものだ。ちっとも困ったように見えなかった。

「おとなしくするんですヨォ。貴方が騒げば、吾輩たちも手段を選ばずにやるしかなくなりますからネェ！」

ちらりと少年の視線がポンメルンの杖を見る。魔晶の輝きはまだ消えてはいない。

「あなたも契約をしたはずだが……なるほど、僕はこの島の民ではないからね……」

謎《なぞ》めいたつぶやきを漏らした少年の顔が、前を塞《ふさ》ぐ帝国兵たちの壁によって見えなくなってしまう。

ガァン、と銃声があがる。

「どきやがれ！」

空へと向かってラカムが撃ったのだ。

ひぃと盾となった兵士たちの喉《のど》から悲鳴があがる。けれども、兵士たちはポンメルンと少年の姿をなおも隠すように立ち塞がった。

ふたたび銃声。

「どけ！」

怒気を孕んだラカムの声に、遂に蜘蛛《くも》の子を散らすように兵士たちは背中を見せて逃げてゆく。

だがそのときにはもうポンメルンと少年の姿は消えていた……。

「なんてこった！」

ラカムが言った。

「油断してたぜ、まさか無関係の奴を攫《さら》っていくたぁな」

「卑劣極まりないな」

オイゲンとカタリナも憤懣《ふんまん》やるかたないという顔をしている。

「あっちだ、あっち！　あっちに逃げたぜー！」

ビィの声が空の上から降ってくる。

見上げれば、空の高いほうにまで浮かんでいたビィが街のほうへと小さな指を向けていた。

ビィは、ポンメルンの行動を見て、機転を利かせて空へと上がっていたのだ。

そうして逃げる方向を冷静に観察していたわけだ。僕たちからは見えなくとも、空の上にいた羽根トカゲからは丸見えだった。

「ビィさん、すごいです！」

「トカゲにしちゃ、やるじゃない」

「オイラはトカゲじゃねえっての！」

そう言いながら降りてくるが、褒められたからか満更でもなさそうな顔だった。

「あのヒゲも何を考えてるんだかな。知り合ったばかりの子どもを攫っていって、俺たちの代わりになるとでも思ってんのか」

「で、でも、あの子はラカムさんの古い知り合いみたいでしたよ！」

ルリアが指摘した。

途端にラカムは苦虫を噛《か》みつぶしたような顔になる。

彼は自分でも判っているのだ。記憶にないから「関係ない」などと言える性格ではない。

「グラン、どうする？」

カタリナに問われて、僕は言う。

「追います。追いましょう！　僕たちのせいで無関係な人を帝国の犠牲にするわけにはいかない！」

「はい！」

ルリアも頷いてくれた。

「街へ逃げたということは……帝国の艇に戻った可能性もあるな」

「帝国戦艦ならぁ目立つはずだぜ。オレたちの着いた港では見なかったけどよ。街のやつらに聞いてみりゃ判る」

僕の提案にカタリナとオイゲンはすぐさま具体的な方策を立て始めた。

オイゲンによれば、このガロンゾ島には第一から第五までの騎空艇港があり、そのうちの第一から第三の港の傍《そば》に船渠《ドック》──つまり、艇を修理するための施設があるという。

僕たちの艇が停泊したのは第一港だ。そこには帝国の戦艦はいなかった。

「だから、丘の下の方にある港に停泊してるってことになる。どこにいるかは、街のやつらに聞きゃあ判るだろうさ」

「よし、話を聞くのはオイゲンに任せる」

カタリナの言葉にオイゲンが頷いた。

イオが杖をぐるぐる振り回しながら言う。

「あのヒゲおやじ、今度は泣かしてやるんだから！」

「おいおい、魔法は笑顔のためにあるんじゃねーのかよ……」

ビィに突っ込まれる。

「この、杖でよ！」

「また杖かよ！　魔法じゃねーのかよ！」

「魔法は笑顔のためにあるんだもん！」

いや待て、その理屈はどうなんだ？

っと、そんなことを気にしてる場合じゃなかった。

僕たちは街の門へと向かって走りだした。

「でも、ラカムさん、本当に、あの少年に、心当たりはないんですか？」

走りながら尋ねたが、ラカムは黙って首を横に振った。

「ただ……な」

ラカムの視線は走りながらも左右に油断なく注がれている。

「なんとなーく、思い出してきたぜ。この道は前にも走ったことがある……」

門を抜けて街なかへ。

通りを歩いている人、屋台を出している人を見つける度に、そこで立ち止まり、オイゲンが話しかけて情報を聞き出した。人々のなかにはオイゲンを憶えている者も多くて、懐かしい話をしようとした。

「あの火事はやばかったよな」

「あんたがいなけりゃ、この島の船大工《ふなだいく》の数は半分に減っていただろうな」

そんなことを何度も言われた。

正直、ガロンゾの英雄譚《たん》には興味を惹《ひ》かれてしまったけれど、オイゲンは思い出話を早々に切り上げて問い続ける。

六人目に話しかけたエルーンの若者が知っていた。

「帝国の艇？　ああ、それなら――」

街から丘のふもとへと伸びる一本の道の向こうに、霞《かす》むように見えている桟橋《さんばし》を指さした。

「あっちの第四港で見たぜ。でっかい戦艦だったなぁ」

ありがとうの礼もそこそこに、僕たちはその港へと走った。

そうして――。

人々を近づけまいとしている帝国の戦艦を見つけたのだった。

5

上下二層式のグランサイファーとは異なり、その艇は一層型の戦艦だ。

桟橋から渡された板の向こうに幾つもの大砲を据えた甲板が広がっていて、後方には艦橋があった。

大きさは……戦艦としては中くらいだろうか。

戦艦の大きさは級で区別される。

故郷のザンクティンゼルの空を威圧していた巨大な戦艦は『ティアマト級』と呼ばれる艇で、僕が今までに見たなかでは最大の騎空艇だった。言葉どおりに大星晶獣ティアマトの大きさがもとになっている。

それに比べれば目の前の戦艦は一回りか二回り小さい。

とはいえ、それでも戦艦である。

グランサイファーの倍以上はあった。

ラカムが片手を額に当てて庇《ひさし》にしながら見つめる。

「でけえな。あの大きさだと、いったい何人乗れるんだ」

「三百、と言ったところかな……」

カタリナが即答する。さすがは帝国軍元中尉だ。

意外と少ない、と思ってしまうが、戦艦の場合は兵装も積み込まねばならない。民間の旅客艇のようなわけにはいかない。

「全部で三百……それなのに、ここに、こんなにいっぱい見張りを置いているわけ？」

イオの言うように、桟橋には三十人ほどの兵士がいて油断なく見張っていた。

総勢の一割である。

後ろ暗いところがあると言っているようなものである。

ただ、それだけに突破するのは容易ではない。

僕たちは遠巻きに戦艦を見つめながら、どうしたものかと思案している。立ち並ぶ倉庫の陰に隠れつつ相談していた。

「ほんとに、あのなかに連れていかれちゃったの？」

「ああ」

イオの疑問にオイゲンが唸るように答えた。

「あのヒゲのオヤジが乗り込むのは見た奴がいるし、なにやら騒ぎがあったのも摑《つか》めてる。十人くらいの兵士が囲むようにして何やら大きめの積み荷を運び込んだそうだ」

「その荷物って……」

僕はささやくように問いかけ、オイゲンが頷いた。

あの少年のことか。

「珍しく港の役人と揉《も》めたらしいぜ」

「それでも押し通したのか。人を荷物扱いとは帝国は相変わらずだな」

ラカムが言った。

「珍しいんだぜ。ここじゃ、めったに役人と言い争いなんて起きねェからな」

「荒くれ者の島って聞いてたのに……」

イオが首を傾げている。

「気性が荒っぽいのは事実だからな。荒事が得意な騎空士サマ相手に仕事するんだ、当然だろうぜ」

「グラン、怖い顔してます」

「あ、ごめん……」

オイゲンたちの会話を聞きながら、僕は別のことを考えていて、強張《こわば》った顔をルリアに見られてしまったようだ。でも、僕はふたたび怒りの炎が身体の内側で燻《くすぶ》っていた。

思い返せば、帝国宰相だという女の人もルリアを「研究資材」と呼んでいた。

まるで物を扱うように人を扱うとは。

僕とルリアの魂は繋がっている。感情もときどき共有してしまうようで、だから、こういう嫌な気持ちをなるべく持ちたくないのだけど……。

「ふむ。それは使えるかもしれないな」

カタリナが言った。

「えっ？」

僕は慌てて意識を引き戻した。

会話に集中する。

「つまり、港の役人たちは多少なりとも帝国の所業に疑念をもってるわけだ」

「そう……ですね」

僕にはまだカタリナの考えが読めない。

「彼らの疑念は、おそらく帝国の兵士たちにも感じ取られているだろう。オイゲン。貴殿はこの島では名が通っているようだが、港の役人たちに知り合いがいたりしないか？」

「おう？　まぁ……、顔見知り程度ならいるけどよ」

「よし、試してみよう」

僕たちはカタリナの案に乗ったんだ。

ガロンゾの英雄オイゲンの「顔見知り程度」はとんでもない謙遜《けんそん》だった。

6

彼らが帝国戦艦に近づいてゆくと、桟橋に立ち並んでいた帝国兵の一人が近寄ってきて命じた。

「おい、止まれ！」

怒鳴りつけられ、身体を硬直させて歩みを止める。

彼らは全員が黒ずくめの制服を着込んでいた。頭には羽根をつけた制帽《せいぼう》を被《かぶ》っており、制服の肩章《かたしょう》を見れば、全員がガロンゾの港湾役人だと判る。

ただし、全員が黒い眼鏡で目許《めもと》を覆い、帽子を目深に被っていた。

その奇妙さに訝《いぶか》しみつつも、帝国兵が問いかける。

「何の用だ」

「臨検だ」

ぼそりと返したのは、四人のなかで先頭に立ったもっとも背の高い男だった。

無精髭《ぶしょうひげ》を生やした船乗りと言っても通りそうな風貌《ふうぼう》だったが、制服に身を包んでいるおかげでなんとか役人に見えないこともなかった。

「臨検？」

「我々はこの港の警ら部のものだ」

今度はぎくりと身を固めたのは兵士のほうだった。

「聞いていないが……？」

「ここで騒ぎがあったと、たった今報告を受けたばかりだ。この島に入港するときに約束したはずだな？　島に滞在するつもりならば、島にいる限り一切の犯罪行為、とくに島の住民への加害行為を行わないと」

「も、もちろん、そんなことはした憶えがない」

「とはいえ規則なのでね。不法なものを持ち込んでいないかどうか、艇のなかを検《あらた》めさせてもらう」

「馬鹿を言うな！　帝国の艇だぞ、これは」

「言ったはずだ。規則なのだ。ここではエルステ帝国の戦艦であろうと、訪れた騎空艇の一隻に過ぎない……」

籠《こも》った声は落ち着いていて、有無を言わせぬ迫力があった。

兵士のほうはかすかな舌打ちをして顔を歪めた。

騎空艇の全面的な補修を可能とするガロンゾ島は、ファータ・グランデでほぼ唯一の船大工の島と言ってよかった。この島の住民を怒らせるのが愚であることは、騎空艇乗りならば誰でも知っている。

「乗艇《じょうせん》させてもらうぞ」

「ま、待て！　勝手に動き回られても困る！」

「では、貴方にも同行していただこう。それならば良いだろう？」

「ぐ……。そ、それなら」

「案内してくれ、一番上の船倉《せんそう》からだ」

「判った」

苦々しげに言いつつ、仲間の兵士に何やら耳打ちをした。耳打ちされた兵士は小さく頷くと慌てて戦艦のなかへと戻ろうとする。

「待て！　偽装工作をされては困る。我々を案内する者以外は、ここで待機していてもらう」

「そんなことはしない」

「信頼を失っている最中の貴方たちに言われてもな……」

黒ずくめの制服の男が帝国兵たちを見据えながら冷静に指摘した。

艇に一足早く戻ろうとした兵士は足を踏み出しかねてちらちらと上官を見ている。

「……残っていろ。ただし、これ以上は誰も近寄らせるな」

部下らしき兵士は頷いて持ち場に戻った。

「これでいいか？」

「彼らには、私たちが臨検を済ませるまでここで待っていてもらおうか」

「判った」

「では、さっさと案内してもらおうか」

「……付いてくるがいい」

渡し板を踏んで、四人の男たちは帝国の戦艦へと足を踏み入れた。

7

甲板から船倉へと降りてすぐに両側に兵士を立たせた小さな扉があった。

「あちらの部屋は？　やたらと大仰《おおぎょう》に護っているようだが」

「宰相閣下の部屋だ。あそこは遠慮していただこう」

案内役の帝国兵がそう答える。

「本当だと思うか？」

振り返って尋ねてくる。僕の隣にいる人が答えた。

「嘘《うそ》だな。あの部屋の位置では戦艦同士の戦いで被弾した場合にもっとも被害を受けてしまう。そんな場所に指揮官の部屋は作らない」

即答だった。

驚いたのは帝国兵だ。

あっさりと嘘を見抜かれただけでなく、理路整然と根拠を述べて反論されたのだ。

しかも声を聞けば判る。

細身だが声の主は女だった。

「き、貴様らは――」

言いながら腰の剣へと手を伸ばすが、そのときには最初に尋ねた男が間合いを詰めて拳で顔を殴りつけていた。

狭い通路を壁まで吹っ飛ばした。

ぶつかってがくりと崩れ落ちる。

「へっ！　一丁あがりだぜ！」

男の口調《くちょう》ががらりと変わった。

その光景を見て扉の両脇にいた見張り兵二人が僕たちに向かってくる。

剣を抜いて振り回してきた。

だが、狭い通路での闘いには慣れていなかったようだ。

斬りつけてきた右の兵士に向かって僕は制帽を顔にぶつけてひるませた。一瞬だけ男が手で顔を庇う。視界が制限された隙を利用して嘘を見抜いた女が近づき、首筋に隠し持っていた短剣を当てる。そいつはぴたりと動きを停めた。

「寝ててくれ」

そう言って、短剣の柄でこめかみを殴りつけると、そのまま気を失わせた。

残るは一人。

僕を間にして反対側にいたもう一人の男が剣をかいくぐって懐に潜り込むと相手の腕を抱え込むように摑み、そのまま腰に乗せて投げて床に叩きつけた。

腰に提げていた鍵《かぎ》をもぎりとって宙《ちゅう》に放《ほう》る。

「ほらよ、ラカム」

「おう」

制帽を脱ぎ捨てた青年――ラカムが鍵を受け取る。

その間に、僕たちは倒した兵たちを縛り上げておいた。猿ぐつわも嚙ましておいたから、しばらくはここで何が起こっているか気づかれないだろう。

ラカムが鍵を開けた。

「ったく、制服ってやつはどうしてこう窮屈《きゅうくつ》なんかな……」

胸元を弛《ゆる》めながら部屋のなかへ。

僕たち――嘘を見抜いたカタリナと見張り兵を投げ飛ばしたオイゲンと僕――もラカムの後を追う。

ちなみに帝国に狙われているルリアとイオ、ビィは桟橋のほうに残っている。

オイゲンのコネで四人分の港湾役人の制服を借り、僕たちは役人に変装して乗り込むことにしたのだった。

男用の制服しか借りられなかったから、カタリナが胸元がキツイと零《こぼ》し、ラカムが嘘つけと言って言い合いになったことを除けば、ここまではうまくいった。

部屋のなかにいた人物が振り返る。

僕たちが誰だかすぐに判ったようだ。

「ああ、僕を助けに来てくれたのかい？　嬉《うれ》しいけれど、君たちには危険だよ」

銀の髪の少年だった。

手にはまだあの不思議な形の杖をもっていた。取り上げられなかったということは、どうやら武器とは見なされなかったようだ。

「おまえさんを助け出したら、さっさと逃げるさ」

ラカムが言った。

「逃げる、か……。けれど、言っただろう？　君たちの艇は飛べないんだ。どうやって帝国の戦艦から逃げるつもりだい？」

先ほどの言葉をまたも繰り返す。

「君はいったい何者なんだ？」

尋ねたのはカタリナだった。

「どうしても腑《ふ》に落ちないんだ。君はせいぜい十歳かそれくらいだ。ラカムの知り合いだったとしても、二十年前のガロンゾにいたはずがない」

「いたよ。ガロンゾは僕たちの出会いの地であり、同時に約束の地なんだ」

そう言いながら、問いかけたカタリナではなくラカムのほうを見ている。

「俺たち、だと……？」

「まだ思い出してくれない……か」

　寂しそうな顔を見せる少年にラカムが戸惑っていた。

「二十年近い歳月は君たち人間にとっては長かったんだろうね。幼いころの約束なんて簡単に忘れてしまうほどに。けれども、悠久《ゆうきゆう》を超える寿命を持つ僕たちにとってそれくらいの歳月は、あっという間なのさ。もちろん……それでも僕は約束が果たされる日を、心待ちにしていたんだけどね」

「おまえは……いったい……」

「それは、あなたが見た目どおりの歳ではない、ということですか」

　僕は会話に割り込んだ。

　どうして僕には判ってしまったのか。僕は彼が十歳などではないことを確信していたんだ。もっと、もっと年上だ。

　少年が首を縦に振る。

「そうだよ、グラン。そのとおりだ」

「なぜ、僕の名前を……」

「それはまた別の話だね。とりあえずはラカムの疑問に答えよう。僕が何者かっていう問いにね……」

　そうして彼は自らの正体を語ったのだ。

「僕はノア。艇造りを司る星晶獣だよ」

「星晶獣、だと!?」

カタリナが目を瞠《みは》った。

オイゲンが声を荒らげる。

「おいおいおい！　なんだよそりゃあ！」

確かに僕たちは星晶獣が人型を取るのをみたことはある。けれども、今までに出会った人の形をした星晶獣は、全て立体投影像のようなものだった。

ノアは人間にしか見えない。

カタリナが「ルリアがいれば……」とつぶやいて、その言葉を呑《の》みこむ。ルリアは星晶獣の気配を感じ取ることができる。今までその力に何度も助けられてきた。この場にいればノアの言葉の真偽を尋ねられたかもしれない。

けれども帝国がルリアを狙っている以上は、帝国戦艦に連れてくることなんてできるはずもなかった。

それに、僕は連れてきていても無駄だったかもしれない、とも思う。

ルリアはこれまでどの島にやってきても、その島にいる星晶獣の気配を初めから感じ取ってきた。

なのに思い返してみると、ガロンゾ島に着いたときには彼女は無言だったのだ。

「僕らのように気配まで人と同じようにできる星晶獣は珍しいけれどね」

まるでカタリナと僕の想《おも》いを汲《く》み取《と》ったかのようなことを言う。

だが――辻褄《つじつま》は合う。そう……。

「星晶獣だから……二十年間、その姿のままだった、ということですか」

「そうだよ、グラン」

「艇造りの星晶獣ノア……」

信じられないけれど彼の言動に説明が付いてしまう。

しかし、真に驚愕《きょうがく》したのは彼のさらに次のひとことだった。

「そして、騎空艇グランサイファーの製作者だ」

第3章 星晶獣ノア

1

「グランサイファーの製作者……！」

僕たちの目の前にいる帝国に攫《さら》われた少年は、僕たちの乗っている青い艇《ふね》を造ったのが自分だと主張しているのだった。

「嘘《うそ》……だろ？」

疑惑の瞳《ひとみ》を向けるラカムに対して少年は静かに微笑《ほほえ》んだ。

「こんなところで嘘を吐《つ》く理由が僕にはないだろう？　あれはずいぶん昔に……星《ほし》の民《たみ》がこの空に渡る際に、僕が造ったものなんだ」

「ほ、星の民、だと……」

カタリナが絶句していた。

「星の民がこの空に現れた頃……。覇空戦争よりもはるか昔から生きているというのか、君は。ではノア。君の言う『グランサイファーがこの島を出ることができない』という言葉は……」

カタリナに問われ、ノアが小さく頷《うなず》きながら言う。

「本当だよ。残念ながら、ね。ラカム……僕との約束を憶《おぼ》えてないかな？」

「約束だと……？」

「そう」

促され、ラカムはノアを睨《にら》みつける。

「銀色の長い髪……それにその妙な形の杖《つえ》……」

遠い昔、二十年の時が彼のなかでゆっくりと巻き戻されていったようだった。

「思い出してきたぜ……。確かに俺はあのときお前に会ってる……。今のままの姿のお前だ。信じられねえ、あの頃のまんまじゃねえか。……そう、そして何かを語り合ったんだ。お前の言うように約束だってしたのかもしれねぇ……」

けれどもそれ以上のことは思い出せそうもない。

ラカムはそう言った。

カタリナが話を進める。少し焦っていた。

「あまりここで話している時間はないぞ。詳しくは脱出してからゆっくりと聞くとして、せめて飛び立てない理由だけでも教えてくれないか。君を攫っていった帝国の大尉《たいい》はとても執念深い人でね。君がここから居なくなれば私たちの艇に即座に攻撃をしてきかねないんだ」

カタリナの言葉を受けて、僕は思い切って口を開く。

「あなたが星晶獣《せいしょうじゅう》だからですか？　僕たちの艇を飛べないようにさせている？」

僕の言葉に、みんなもその可能性に思い至ったようだ。

星晶獣は人知を超えた力を持っている。その不可思議な力によりグランサイファーを飛び立てなくしているのだとしたら……。

「星晶獣の力というのは正しいね。ただし、それは僕じゃない。この島、ガロンゾには、実はもう一体、星晶獣がいるんだ」

「もう一体の星晶獣だぁ……？」

すっとオイゲンが目を細める。まるっきり信じていない目つきだ。

「そいつはちょっと信じられねぇな。ひとつの島に二体も星晶獣がいるってのか？」

「そう……。そもそも僕は野良みたいなものでね。そいつのほうが強く島に影響しているんだ」

「グランサイファーが飛び立てないのは、その星晶獣のせいだってのか？」

ラカムの問いにノアがふたたび頷いた。

「それが『契約の星晶獣』ミスラの力なのさ」

契約の……星晶獣。

「でも、詳しくは逃げながら話したほうがいいんじゃないかな？　そちらのお姉さんの言うようにね」

カタリナがはっとした顔になる。

僕たちはとりあえず帝国戦艦からの脱出を優先することにした。

通路の様子を窺《うかが》い、先ほど叩《たた》きのめした帝国兵たちがまだ縛り上げたときのままなのを確認すると、来たときの通路を戻って甲板へと出ることにする。

「武器は借りるとしよう」

　武装した役人というのはヘンだから、カタリナも僕も剣を持ってきていない。ラカムの短銃だけは制服の内側に隠しもってきてあるが、それだけだ。オイゲンの愛銃もラカムの長銃もさすがに隠せなかった。

「元素の力を引き出せる属性には相性があるからな……」

　カタリナが言った。

　彼女は水の元素に偏った剣《ルカ・ルサ》をいつもは使っていて、その剣から水属性の力を引き出すことが得意だ。

「だが、できないわけじゃない。達人の域に届くほど上達はしないだけで……それに純粋な剣の技量には関係ない」

「はい」

　帝国兵のもっていた剣のなかからカタリナは鉄の細剣《アイアンレイピア》を、僕は幅広の剣《ブロードソード》を奪い取る。

「ちっ、でっけぇ銃をもってるやつはいねぇみたいだな」

　オイゲンは倒れている兵士の懐から護身用の小さな銃を探し出したが、不満そうだ。

「さて……君の言うとおりだといいのだが……」

　カタリナがノアを見つめながら言った。

　艇に乗り込む前の、その場を動くなという桟橋《さんばし》でのラカムの言いつけを、兵士たちが律儀に守っていると楽観的に考える気にはなれなかった。けれど、僕らの話を聞いたノアが言ったのだ。

「追ってくるな、とラカムが言って、彼らが頷いたのならば、彼らはそのまま動かないでいるだろう。それがミスラの力なんだ」

2

歩き始めながらカタリナが問いかける。

「あんなその場限りの約束を律儀に守っている、と君は言うのか?」

「そうだね。この島にいる限りは、いちど交わした約束は守られるから」

ぽつりとオイゲンが言う。

「この島じゃ、昔っから誰も彼もがやたらと義理堅いたぁ感じちゃいたが……」

「それは逆なんだよ、オイゲン」

ノアのオイゲンに対する口調《くちょう》は、まるっきり長年の友人に対するものの如《ごと》くだ。

「義理堅いから契約を破らないんじゃない。この島では契約を破れないから住人たちは自然と義理堅くなってゆくんだ。星晶獣ミスラはその能力で無意識や事象に働きかけ、契約や約束事を絶対遵守させる」

さらりと物凄《ものすご》いことを言った。

無意識や事象に働きかけ、と言われると難しく感じるけれど、つまり、自覚せずに約束した行動を守らせてしまうということだし、そうなるように自然と物事が進行してしまうということだった。

「いちど交わした約束を守らせる力……それがミスラの力……」

驚くべき超常の力だ。

「その拘束力はガロンゾにいる限り絶対的なんだ。強力な星晶獣でさえ、ミスラの契約を守らせる力からは決して逃れられない」

ラカムが問う。

「それじゃあまさか……俺がお前と交わした約束ってやつをミスラが……？」

「そうだね。この島以外の場所でなら、子ども同士の他愛《たわい》ない約束だったんだけど……幸か不幸かそれが絶対的なミスラの力の前での約束として成立してしまった。僕自身さえ、その約束には抗えない……。だからラカム」

ノアが前を歩くラカムの背中に向けて言葉を投げる。

「君は僕との約束を思い出さなくちゃいけない。その約束を果たさない限り、グランサイファーはガロンゾを飛び立てない。そういう約束だから……」

「まじかよ……」

いまだ信じられないという声でラカムがつぶやいた。それでも、ノアの言葉には、嘘だとあっさり言えない響きがあった。

通路を進む途中で、オイゲンが僕のほうへと振り返る。

たことだ。

「だいじょうぶか？」

「あ、……はい」

唐突に尋ねてきたオイゲンだが、何を聞かれたかは判《わか》っていた。

僕とルリアは魂を共有している。死にかけた僕にルリアが力を注ぎ込んだときにそうなってしまった。問題はその時以来、僕とルリアは離れることができなくなってしまったことだ。

魂の共有がどこまで離れたら無効になるのか誰にも判らない。だから僕とルリアは今までほとんど別行動をしてこなかった。

「まだ……だいじょうぶです」

「何かあったら言えよ」

「はい」

帝国戦艦に乗り込むときにルリアは最後まで付いてくると言ったのだ。万が一にも僕が捕らえられてしまい、そのまま戦艦が飛び立ってしまった場合……僕とルリアとの距離が島ひとつを越えて離れても大丈夫なのかは保証されない。

それでもルリアを帝国に渡す危険は冒したくなかったんだ。

通路を半分ほど戻ったところで甲板のほうが騒がしいことに気づいた。

「できるだけ見張りに見つからないよう祈るしかないな」

カタリナが言った。

話す声はひそひそと小さくなり、僕たちは周囲の様子を窺いながら甲板へと繋《つな》がる扉を細く開ける。

「では、貴方《あなた》はルリアを回収することに失敗したというのですね？」


冷たい女の声が外から聞こえた。

あれは……帝国宰相《さいしょう》フリーシア！

薄く開けた扉の先に見えるのは、郊外の公園で僕たちの前に現れた女宰相の姿だった。

周りに帝国兵たちを従えている。

傍《かたわ》らにはポンメルン大尉もいた。

「そ、それはですネェ……」

「言い訳はいりません。見失っていた彼らの足取りをこの島で捕捉《ほそく》できたのは幸運でした。ですが幸運にすがるつもりはありません。ルリアはここで回収するのです」

「も、もちろんですネエ……」

あのポンメルンが身体《からだ》を小さくして項垂《うなだ》れていた。

オイゲンがぼそりとグランサイファーは目立つからなぁと口惜しげにつぶやいた。

確かに会話を盗み聞く限りでは、帝国に見つかったのは偶然だったように思える。

僕たちが城砦都市《じょうさいとし》アルビオンに居たことまでは、フュリアス将軍からの報告で知ら

れていただろうけれど……。

「当然ですが既に次の手は打ってありますね？」

「奴らと一緒にいた小僧を捕まえてあります。今までの行動から、彼らが仲間を助けるために動くことは間違いなく……」

ぴくりと宰相の眉《まゆ》が跳《は》ねた。

視線が冷たくなる。

「その少年はルリアを確保している騎空団の団員なのですか？」

「そ、そこまではなんとも……」

ちっ、と舌打ちの音がはっきりと聞こえた。

「なんという曖昧《あいまい》な。それでは、たまたまその場にいただけの者かもしれないではありませんか」

「はッ！　そ、それは確かにそうですが……」

「まさか約束のひとつもせずにではありませんね？　返して欲しくば取り戻しに来い、とでも言っておけば、頷かせるだけで、あの者たちはやってくるでしょうが」

「と、咄嗟《とっさ》のことでしたから……」

「それもしていないと言うのですか」

呆《あき》れたような声、ふたたび舌打ちの音、それから宰相はため息をついた。

「ミスラの能力は契約を遵守させる力。それはあの人形に探らせた結果、今回初めて我々も認識できたことです。貴方が使いこなせなくとも無理はありませんが……」

「も、申し訳ありま……」

「ミスラの力は上手《うま》く使えば帝国の支配をより盤石《ばんじゃく》なものにさせるでしょう。しかし、どうやら運用には慎重さが必要とされるようですね……仲間でもない者のために、あの者たちが帝国の戦艦にまでやってくるとでも？　ポンメルン大尉、貴方は――」


「貴様ら！　動くな！」


僕らの背後から怒声が飛んできた。

続いて大勢の足音が聞こえてくる。どうやら縛り上げて転がしておいた帝国兵たちが遂《つい》に見つかってしまったようだ。

3

先頭のラカムが躊躇《ためら》わずに甲板へと続く扉を開けた。逃げ道のない狭い通路を戻るよりは勝算のある唯一の手段だ。

僕たちはいっせいに甲板へと飛び出す。

振り返った宰相と帝国軍大尉が驚きの表情を浮かべる。

「な！　いつの間にィイイ！」

指さしながら目玉が零《こぼ》れんばかりに目を瞠《みは》ったのはポンメルン大尉だ。

僕たちのさらに後ろから帝国兵たちがわらわらと飛び出してきた。

怒鳴り声をあげながら突っ込んで来ようとしたが、甲板にいるのが自分たちの上官だと気づいて足を止める。

黙って僕たちの周りを取り囲んで逃げられないようにした。

帝国兵たちをちらりと一瞥《いちべつ》しつつ、驚きながらも、呆れたような顔つきになったのは宰相のフリーシアだった。

眼鏡の蔓《つる》に指をかけ、くいと持ち上げながら言う。

「これは驚きましたね。ほんとうに乗り込んでくる——いえ、すでに乗り込んできていたとは。ですが……なるほど、ルリアは置いてきたのですか」

「おまえたちには渡さない」

僕はきっぱりと言った。

「あれは帝国のモノです。人のモノを奪っておきながら、返すつもりはないと？」

そう言って、フリーシアはわざとらしくため息をついた。

「ルリアはモノじゃない。そんな言い方をする奴らに渡すものか！」

「では、どうすれば返すというのですか。私たちがあなたたちを追うことをやめれば良いのですか？　対価を要求するのであれば、条件次第では、こちらにも支払う用意があ

ことだぞ」

「グラン、気をつけるんだ。宰相の意図は自分たちに有利な『約束』の言葉を引き出すことだぞ」

カタリナに言われて、僕は慌てて口を閉じた。

売り言葉に買い言葉でうっかり言葉を放ったら、ミスラの力でその約束は必ず履行《りこう》されてしまうのだと気づく。条件次第では考える——なんて返そうものなら、ミスラの力に絡め取られかねない……。

まさか、こんな手を使ってくるとは！　しかも、先ほどの話では帝国さえミスラの力を把握したばかりらしいのに。

なんて頭の回転の速い人なんだ。さすがは帝国宰相ということか……！

「ほう……」

フリーシアがすっと眼鏡の奥の目を細める。

「貴女《あなた》は確か……」

「カタリナ元中尉ですネェ」

「ああ、例のアルビオン出の士官ですね。なるほど……もったいない人材ですね」

「私ももう帝国に戻るつもりはない。だが……、この少年は私たちとは無関係だ。このまま解放してもらえないか？」

「何をバカなことを言うのですかネェ！　やすやすと手放すはずがないでしょうゥ！」

「ほう、帝国は無関係の民間人を戦艦に捕らえたままでいるのが流儀か？」

「む！　そんなことは――」

「大尉！」

ぴしゃりとフリーシアが口を封じた。

「何を言うつもりですか。貴方が『そんな流儀はない』と誓えば、その少年を自分でも気づかないうちに解放することになりますよ」

ポンメルンが絶句していた。

「わ、吾輩《わがはい》は……」

「少し黙りなさい。この者は貴方よりも状況をよく把握できているようです」

それは、あなたはカタリナよりバカですね、って言ってないか？

ちっと舌打ちをしたのは今度はカタリナのほうだった。

それからにっこりと笑みを浮かべてみせる。

つまり――カタリナは宰相がやったことのお返しをしてみせたわけだ。

ミスラの力を利用するためにさりげなく会話を操って有利な『約束』を引き出そうとした。カタリナだって、ミスラの力の秘密を聞いたばかりだというのに……。この二人って……どれだけ頭が回るんだ！

カタリナの微笑みを見て苦々しげな顔つきになったのはポンメルンのほうで、フリーシアは端正な顔をわずかにも歪《ゆが》めず平然としていた。

二人の視線がぶつかりあって見えない火花を散らしている。

周りにいる僕たちはうっかり声をあげることもできなかった。

「こういうことになるから、ミスラは、自分の力が島に作用していること自体を隠そうとするんだ……君たちも気づかなかったろう？」

僕の傍らに来たノアがそっと耳打ちをしてくる。ルリアさえ存在を感知できなかったのは、そういう理由か……。

「怖《こえ》えなあ。なんつー性格の悪い会話だよ」

「うるさい」

「へいへい」

こんな事態なのに、カタリナを平然とからかうラカムの度胸も並みではないけど。

「嬉《うれ》しそうだね、グラン」

「え？」

ささやくようにノアに言われ、僕は思わず自分の頬《ほお》を撫《な》でてしまった。

僕……笑ってた？

「まあ、確かに彼らは楽しそうだ……」

ノアの視線の先にはラカムとカタリナがいる。

自分が笑みを浮かべていた理由が判った。家族みたいだな、と思ったのだ。気心の知れた仲間でなければ、ギリギリのやりとりを「性格の悪い会話」などと言ってからかえないだろう。

幼い頃に父さんは星の島へと旅立ってしまったから僕はひとりで育った。村の人たちからは家族のように世話をしてもらったけれど、ずっとこういう気のおけない会話というものを味わってみたかったんだ……。

まさか敵を前にして味わうことになるとは思わなかったけれど。

「まあ、ルリア嬢ちゃんを連れてこなかったのは正解かもな」

オイゲンがぽつりと漏らした。確かに。ルリアは良くも悪くも正直すぎる。

思ったままを口にしてしまうから、フリーシアとカタリナの間で繰り広げられているような複雑怪奇な会話はやりたくともできないだろう。

「とにかく……ルリアは、国へ持って帰ります。星晶獣ミスラを回収できたことと併せ、陛下もさぞお喜びになることでしょう」

一方的にそう告げると、フリーシアは傍らに立つポンメルンに命じる。

「この者たちを捕らえなさい。逃がすことは許しません」

「か、必ず捕らえてみせますよォォォ！　この身に代えてもォ！」

ポンメルンが頭を下げた。

その顔さえ見ずに、フリーシアは背中を向けて甲板を歩き去ってゆく。

「えげつねぇ約束をさせやがる……」

ラカムが言った。

宰相はただ命令したのではなかったのだ。

彼女はいついかなるときもミスラの力を利用しようとしている。

「おい、ノアとやら。こーいう場合はどうなる？　オレらは捕まっちまうことになるのか。……捕まってやろうって気分には今んところなってねぇんだが」

オイゲンの言葉にノアは軽く首を傾《かし》げる。

「さて、どうなるかな？　僕たちは別に彼女の約束に同意していないからね。約束は誰と結ぶかが重要だから。それにミスラは事象を操るけれど、この世の理《ことわり》そのものに反することはできないんだ。水を火に変えてみせます、と宣言したところでその通りになるわけじゃない。星晶獣の力は奇跡の力だけど、決して万能の力ではないからね」

「あくまでもこの世界で起こる出来事の範囲でしか起こりえないということか」

カタリナが真っ先に理解してみせたが、僕はまだよく判っていなかった。

ややこしすぎる！

「ならやりようがある。ラカム！」

「おう」

「私たちはこの囲みを突破するぞ！」

「あ？　ああ――」

カタリナの言葉の意味を理解したラカムが、にやりと笑みを浮かべた。

「当たり前だ。突破してやるよ、必ずな！」

ラカムはそう言って腰帯に引っかけていた小銃を抜いて約束したのだった。

4

帝国戦艦の甲板の上で戦うことには有利な点と不利な点があった。

僕たちにとって有利な点は火力の高い武器による攻撃を受けずに済むことだ。家ひとつを吹き飛ばす戦艦の砲台も、まさか味方と敵が乱戦状態になっている甲板に撃ち込むわけにはいかない。

アルビオンのアドウェルサのような「歩く砲台」でも出てこない限りは、目の前の帝国兵と戦うことに集中できる。

「手加減をしている余裕はないぞ！　どけ！」

囲みの薄いところを狙《ねら》ってカタリナが斬《き》り込む。

一度に二人の兵士を相手にしていた。

銃声が轟《とどろ》き、帝国兵がひとり、腹をくの字に折って吹っ飛んだ。甲板の向こうに背中から落ちる。必死で起き上がろうとするのだけれど、叩きつけられた衝撃で動けなくなっていた。

それだけで済んでいる、とも言う。

「やっぱ、加護《マウント》の魔法をかけてやがるか……。オラオラオラァ！　魔法で護《まも》られてねえやつは近寄ってくるんじゃねえ！　鎧《よろい》にでっかい風穴があくぜ！」

オイゲンが手に入れたばかりの小銃を振り回して警告する。

狂戦士のように吠《ほ》えるオイゲンに僕とラカムはノアを守りつつ苦笑してしまう。

オイゲンのあの怒声はもちろんはったりだ。

元素の力を纏《まと》い、魔法の込められた弾丸は、確かにふつうの鋼の板ならば貫通する。銃が開発されたときにはこれで戦い方が変わると思われた。

だが――現実はそう甘くなかった。

攻撃が進化すれば防御もまた進化してゆく。

今では魔法による加護――カタリナの《光の壁《ライトウォール》》のような――も発達しているから、奪った見張りの護身用銃ごときでは、鎧が撃ちぬけるかどうかあやしいものだった。

それでもオイゲンの正確な射撃の威力を見た兵士たちはざわついた。

さすがに無謀に突っ込むことは諦《あきら》めたようだ。

遠巻きにして隊列を整えている。カタリナと切り結んでいた兵士も下がって列に加わった。

僕たちはふたたび兵士たちに輪になって囲まれてしまう。しかも、今までよりも少し輪が大きい。カタリナと僕の剣では届かない間合いだ。

カタリナが悔しそうな顔になる。

「まずいな……」

そう──不利な点はこれだ。

ここが敵地《アウェイ》であること。

長期戦に持ち込まれると僕たちには勝ち目がない。

この戦艦には、おそらく百人を超える兵士が乗っているし、治癒術を使える衛生兵《メディック》だっているはずだ。さきほどオイゲンが吹っ飛ばした兵士も、「衛生兵ー！」の声とともに、いつの間にか誰かに拾われて後方に送られている。すぐに治癒を受けて戻ってくるのだろう。

それに対して僕たちはたった四人しかいない。ノアをいれても五人だ。

しかも、治癒術を使えるのがカタリナだけだ。魔導士であるイオがいればもう少し粘れるだろうが、それにしたって、百を超える帝国兵を相手にしていたら、どこかで力尽きる。

ルリアがいれば──。

いや──ここでルリアを攻撃の手駒《てごま》のように考えるのは何か違う。

僕は首を振った。何のために彼女を安全な処《ところ》に残してきたんだ。

頼ってどうする。

と──僕なんかは考えてしまうのだが……。

囲む兵士たちに銃をちらつかせて威嚇しつつ、ラカムが傍らのノアに言う。

「おい、ノア！　てめぇが星晶獣だっていうなら、なんかびっくり芸のひとつでもできねぇのかよッ」

ラカムに言われたノアが目を大きく見開いた。

それから、ふっと笑みを浮かべる。

「なに笑ってやがる！」

「いや……。一瞬、思い出したのかと思ったんだ。君の呼び方が昔のままだったからね」

「んなッ！」

「あのときもそんな風に呼んでくれたんだ。おい、ノア！　ってね。懐かしいな」

ラカムの戸惑った顔なんて、滅多に見られるもんじゃない。

「ちっ……思い出せなくて済まねぇな」

「謝ることはないさ。君にとっては長い歳月が過ぎている……っと、失礼。そんな場合ではなかったね。ただ僕には君の期待するような芸当はできない。僕は単なる艇造りの星晶獣でしかないんだ……」

ノアの瞳に影がよぎる。

「不甲斐《ふがい》ない限りさ。かつては己の力と存在意義を見失いかけて、永遠を生きる星晶獣でありながら、滅びかけてしまったくらいでね。あのひとがいなければ……」

そう言いながらノアが僕を見た。

いや、違う。僕を見ているような眼差《まなざ》しは、僕を通して他の誰かを見ているように思えたんだ。

いったい誰だろう。


だが、それを確かめる前に事態は動いてしまった。


「なにを怯《おび》えているのですかァァァァ！」

激昂《げっこう》したポンメルンの声が甲板の上に響き渡った。

ポンメルン大尉は手に一本の杖を持っていた。杖の先には闇《やみ》色に輝く宝石――《魔《ま》晶《しょう》》が嵌《はま》っている。

「一度負けてるくせに懲りねぇやつだな！」

オイゲンの挑発にポンメルンはニィと唇を歪めて笑う。

「前と同じとは思わないことですネェ。なにしろ今度は魔晶の出力を三倍以上にあげましたからネェェ！　さあ、見るがイイ！　帝国の魔晶技術は全空イチ、ですよォォッ！」

ポンメルンが杖を高々と掲げる。

黒色の輝きが爆発するかのように広がって帝国大尉を包み込んだ。

闇が薄れたときに大尉が立っていた場所に現れたのは、身の丈がラカムの三倍以上はある巨大な甲冑《かっちゅう》の兵士だった。

「けっ……。一度、アウギュステで目にしてる以上、同じネタじゃあ、驚かねぇぜ！」

「油断はできないぞ。魔晶の力は、計り知れないものがあるからな……」

カタリナは慎重を求めたが、オイゲンは笑ってみせた。

「はん……。的がでかくなったってぇだけの話だぜ。こんなに狙いやすい獲物もねぇ！」

オイゲンはそう言って銃を構えた。

僕とカタリナも剣を構えなおす。

見上げるほどの大きさの、この巨大な甲冑の兵士は星の力で動く人形であって、操っているポンメルンの顔が胸の部分にまるで人面瘡《じんめんそう》のように貼《は》りついていた。見るからに異様な姿になってしまっていて、帝国の魔晶の技術が禍々《まがまが》しいものであることを明らかにしている。

「我々が欲しいのはルリアですからネェ！　貴方たちの誰か一人が生き残ってくれれば充分なんですよォォォ！」

巨大甲冑兵は、肘《ひじ》からそのまま生えているかのような馬上槍《ランス》を振りかぶった。

「魔晶の力を味わいなさイィィィイ！」

そのまま前にいるカタリナへとまっすぐに振り下ろしてくる！

5

「くっ！」

避けつつもカタリナは剣を振るう。

青い輝きが弾《はじ》けてカタリナの身体を覆った。

《光の壁》だ。

自らの身体を覆う防御の皮膜を作って衝撃に備える。借り物の剣でも属性の力を引き出してみせる。

さらに迫る槍《やり》の軌道から避けようとした。

だが――。

「甘い甘い、甘いですヨォ、カタリナ元中尉ィィィィ！」

信じられない。

巨大な武器を振り回すのは大変な膂力《りょりょく》を必要とするものだ。

鋼の武器というものは、一般的には重ければ重いほど威力は増すのだけれど、その代わりにあまり素早くは動かせなくなる。武器の重さがそのまま取り扱いにくさに繋がると思っていい。

振り下ろした馬上槍は本来ならば馬に乗った兵士が腰のあたりでしっかりと固定させせ

て使うものだ。人馬一体となって馬の突進力をそのまま攻撃の力にするわけだ。その代わりにひょいひょいと振り回せたりはしない。そういうふうにできている。

ところがポンメルンはそんな巨大な武器を、まるで刀剣か何かのように強引に振り回した。これが——魔晶の力か！

槍の軌道を途中で変えて、身体を捻《ひね》って避けようとしたカタリナを狙った。

「なっ！」

「カタリナ！」

僕は思わず叫んでしまった。

目の前でカタリナの身体へとまっすぐに槍が吸い込まれ——。

「それは——させないよ」

ぼそりとノアがつぶやいた。

持っていた杖を軽く掲げてから振った。

杖の先に現れた《輝く光の矢《ラジエーションボルト》》が、カタリナとポンメルンの間に割って入るように飛ぶ。甲冑兵の右腕のあたりにぶつかって紫電を放った。上体が弾かれたようにのけぞる。

「ぐあぁ！」

まばゆい光を浴びて、ポンメルンの顔が苦痛に歪んだ。

対峙《たいじ》していたカタリナのほうも吹っ飛んでいる。

「くっ！」

甲板に倒れたがすぐに膝立《ひざだ》ちになった。防御の皮膜があったぶんだけ衝撃は軽くてすんだようだ。

「済まないね。そこまで器用な技じゃないんだ」

「だいじょうぶだ……感謝する」

「おらよ」

オイゲンが片腕を取ってカタリナが立ちあがるのを助ける。

ポンメルンが呪詛《じゅそ》の叫びを放つ。

「妙なワザを……なんという小癪《こしゃく》なァァァ！」

まるで空の底から聞こえてくるかのような、おどろおどろしい声で言った。

魔法を使ったと思ったのだろう。さすがにノアのことを星晶獣だとは思っていないようだった。

「キサマァ！」

ポンメルンが顔をノアに向けた。

そこへ銃声が二発。

ガアンガアンと甲冑兵の身体に当たる。

ラカムだ。

「おおォォォ！」

狙った弾丸は両方ともがポンメルンの顔の近くに当たった。直撃はしなかったが、ポンメルンの顔がふたたび憎悪に歪む。

「お前の相手は俺たちだろうが！」

「ジャマですネェェェ！」

ポンメルンが加速した。

ダン、と甲板を蹴《け》ると、ノアを飛び越し、一気にラカムの元へ。

速い！

「ラカム！」

僕の足も甲板を蹴りつけラカムの前に飛び込もうとした。

ラカムの持っているのは小銃だけだ。僕が剣で受けるしかないんだ。

でも——。

走りながら胃がぎゅっと縮む。

判ってしまう。

駄目だ。間に合わない。

「吹き飛びなさいィィイ！」

ポンメルンがそのまま槍を薙《な》ぎ払《はら》う。

だが——全力で走った僕の前に、さらに素早く影が動いた。

ノアだ。

あの奇妙な形の杖を掲げ、ラカムの前に立った。

ポンメルンの槍と杖がぶつかる。

無茶だ。

ノアの杖はまるっきり木の杖にしか見えなかった。鋼の馬上槍をまともに受けることなどできるはずが――。

「キサマァ！」

驚いたことに、甲冑兵の巨大な槍がノアの杖で防がれていた。

柄と幅広の杖先の間にある青い貴石の部分、華奢《きやしや》に見える宝石で受けていた。

大きな槍の先端がぴたりと止まっている。

ごくりと僕は唾《つば》を呑《の》む。

目の前の出来事がまるで夢のようだ。

小さな少年の掲げる細い杖が、大人の三倍以上もある甲冑兵の振り下ろした馬上槍を平然と受け止めている。

「それは――させるわけにはいかないんだ」

「アリエナイイイ！」

ポンメルンが叫ぶ。

槍がギリッと捩《ね》じりこまれる。

「出力を……上げれば、こんなものはァァァアア！」

ずりっとノアの足下が滑る。

押し込まれている。

「フ、フフ、フアッハハハ！　マショウのチカラに敵《かな》うハズがナイんですよォォォッ！」

もう一段、強く槍が押し込まれた。

床を靴が滑る。

杖も宝石も槍の力に耐えていたが、持ち主であるノアのほうに押し返すだけの力が足りないようだった。

「ガアアア！」

ポンメルンの喉《のど》から迸《ほとばし》る声はすでに人間のものには聞こえなかった。

ノアの靴が、浮く。

「ああ。さすがに……無理か……」

「ノア！」

僕とラカムが同時に叫んだ。

華奢な身体が槍に押し負けて宙を飛んだ。

背中から落ちてくる。

ラカムが辛うじて受け止めた。二人とも、もつれるようにして甲板を転がった。

「おい、ノア！　だいじょうぶかよ！」

うっすらと目を開ける。

「大丈夫……これくらいでは、星晶獣は死なないさ」

だが、そう言いながらも、ノアは咳《せ》き込むと大量の血を吐いた。

「なんということを……。

ポンメルン、きさま何をしたか判っているのか。あの少年はルリアとも私たちとも関係がないんだぞ！」

「姐《ねえ》さん——無駄だぜ」

オイゲンが吐き捨てるように言った。

「ケッ！　まるっきり暴走してるじゃねえか……」

オイゲンの言うとおりだった。

ノアを薙ぎ払ったポンメルンが次に狙った獲物はあろうことか味方の帝国兵たちだったのだ。

喉の奥から獣のような咆哮《ほうこう》。

ポンメルン＝甲冑兵は甲板上にあるものを手当たり次第に壊し始めたのだった。

支柱が折れ、抱え上げられた大砲が投げ飛ばされる。

積み荷を踏みつぶし、蹴とばした。

投げたものの何かが大砲の火薬を詰めた樽《たる》とぶつかり、爆発音とともに派手な火花があがった。帝国兵たちが巻き添えを食って吹き飛ばされた。

あちこちで火の手があがり、煙が立ち昇る。

僕たちを整然と取り囲んでいたはずの帝国兵たちの間にかつてないひどい混乱が広がっていった。

6

「グランたち、だいじょうぶでしょうか……」

「やっぱりついていった方がよかったわよね。グランにラカムにオイゲンって、ちょっと心配だもん」

「オイオイ……姐さんがいるだろ」

ビィはそう言うのだけど、ルリアとしてはそれでもやはり心配なのだ。

ルリアとイオとビィがいるのは、桟橋を臨む倉庫の積み荷の陰だった。

距離にして二百歩ほどだろうか。

第四港の桟橋の様子は先ほどから変わらない。

グランたちが港湾役人に変装して乗り込んでから半刻《はんとき》ほどが経《た》つが、まだ彼らは戦艦のなかに入ったままだ。

乗艇《じょうせん》する前に呼び止められ、ひと悶着《もんちゃく》あったようだけれど、桟橋にいる見張りの兵士たちはそのまま桟橋に留《とど》まって見張りを続けていた。

「ん？　なんか聞こえねーか？」

ビィが言った。

確かに桟橋のほうから――いや、帝国戦艦のほうから風に乗って何かの音が聞こえる。

どうやら見張りたちも気づいたようだ。

ざわざわとしたざわめきが広がっていて、それは港にいる他の艇の人々や港で働く人々の関心も引いているようだ。

「あ。あれ！」

イオが戦艦の甲板の上を指さした。

距離が遠いから、人が人差し指ほどの大きさにしか見えないのだけれど、何か兵士たちが集まっているようだ。

その兵士たちの輪のなかに忽然《こつぜん》と巨大な人の形をしたものが現れた。

「な、なんだあれ！」

「あれ……見たことがあります。ほら、アウギュステで」

「あー！　ヒゲのおじさんが変身した気持ち悪いやつ！」

騎空艇《きくうてい》を港に停《と》めるときは、甲板のある艇の場合は、乗降のために桟橋と甲板の高さがほぼ等しくなるように停める。

見上げるほど巨大な戦艦であっても、ルリアたちのいる場所からは甲板の上がなんとか見てとれるわけだ。

そこに現れたのはかつてアウギュステで見た巨大な甲冑兵の姿だった。

「っていうか、あれ、前のやつよりでかくねーか？」

「ちょっとちょっと、あれ、なんかヘンよ！」

イオの言うとおりだ。

現れた巨大な甲冑の兵士はあろうことか甲板の上で暴れ始めたのだ。柱を叩き折り、積み荷を放《ほう》り投げ、大砲を抱えて投げつけている。あちこちで爆発音が上がり、煙がもくもくと立ち昇っていた。

第四港はいきなり騒がしくなった。

さすがに桟橋にいた兵士たちも戦艦へと戻り始めている。

何が起こったのかさっぱり判らないが、誰が起こした騒ぎなのかは見当がつく。

グランたちだ。

「あーあ……、大騒ぎになっちゃってるわよ」

「艇が……動き出そうとしてます！」

帝国戦艦が汽笛《きてき》を鳴らしている。確かあれは出港の合図だったはずだ。

「な、なんでだよ！　おい、オイラたち、ここで待っててていいのかよ！　助けに行こうぜ！　あれ、ぜったいグランたちの仕業だって！」

「そうよね。あたしも間違いないと思う」

「だろ！　行って、助けねーと！」

「でも……」

イオが口籠《くちごも》る。

「待ってないと」

「な、なに言ってんだよ！　あいつら困ってんだぞ！」

「でも私たち……その、ここで待ってるって——約束しちゃったから……」

「ルリアもそんなこと言ってんのかよ！」

「ビィさん……」

そのときだ。

ルリアは自分がおかしなことを言っていることにようやく気づいた。

（あれ？）

（どうして、私、ビィさんの言うようにグランを助けに行こうとしないんだろう）

「ルリア、どーしたの？」

イオの声が遠くに聞こえる。

ルリアの意識は自分の心の内側に向いていた。


私たち……その、ここで待ってるって——約束しちゃったから……

そう確かにそんな約束をした。でも、だからといってこれはおかしい。グランのことがこんなに心配なのに。私は彼を助けに行こうという気になれないでいる。

ルリアは目を瞑《つむ》った。

意識を集中し、自分の心のなかを覗《のぞ》き込《こ》む。

7

そこは色のない白一色の果てしない空間だった。

真っ白な空間のなかに、小さなルリアが浮いているのが見えた。

まるでお人形のように見える。

小さなルリアの手足には緑色に光り輝く糸が繋がっていた。

(操り人形みたい)

小さなルリアが歩き出そうと足をもちあげる。ところが緑の糸がくいっと引かれると、足がふたたび地面に着いてしまった。

人形のルリアはうつむいてしまう。寂《さび》しそうだ。

顔をあげた。覗き込んでいる自分のほうを見つめてくる。

見上げてくる瞳が言っていた。

助けて、と。

ここから動けないの、と。

(あの、細い緑の糸はどこへ繋がっているんだろう?)

ルリアは糸の先を探して白い空間のなか、顔を巡らせる。真っ白な遠近感の消《き》え失《う》せた空間の遥《はる》かな先へと繋がっているさらにその先を見る。

(糸が……たくさんの糸が集まってきてる)

数本、数十本、いや、もっともっとたくさんの光り輝く緑の糸があちこちから集まってきて、遥か彼方《かなた》へと引き込まれていた。

そこに——何かがいる。

(あの子が……糸を……引いている)

小さなルリアに繋がっている糸へと近寄り、触れた。

触れた瞬間に、「それ」に関する情報がルリアの頭のなかに流れこんできた。

(これは……《因果の糸》だ)

小さなルリアに繋がっている糸の先を追うと、小さなイオとビィが見えた。

小さなイオの手足も同じように糸に絡めとられている。

(あれ?)

けれども、隣に浮いているビィに繋がる糸がない。

ルリアは思考を巡らせる。

『みんな、じゃないですよね?』

ぽっ、と自分の発したその言葉が脳裏に浮かぶ。

あれはいつだったっけ。

そうだ。ガロンゾに着いたときだ。管制官とのやりとり。

『ガロンゾ島に滞在するつもりならば、貴艇の乗務員たちには、この島にいる限り一切の犯罪行為、とくに島の住民への加害行為を行わないことを約束してもらう』

あのとき、全乗務員に誓ってもらうと言っていたが、ビィだけはロゼッタの胸のなかで眠っていて約束しなかったのだ。

（あの子……約束……しちゃったから？）

ルリアは何が起こったのかをようやく理解した。

（あのとき私たちはビィさんを除いて、因果の糸をあの子に委《ゆだ》ねてしまったんだ……）

だから、グランたちを助けに行けないでいる。

ここで待っているって約束しちゃったから。

原因は判った。

ルリアは自分とイオに繋がっている糸をまとめて握りしめる。

握りしめた糸の束を見つめて意識を集中させる。

「ダメ。これは……切れない……」

絶望しそうになる。

だが――。

「……糸が、ゆるい？」

他の糸に比べると、ルリアとイオが絡めとられているこの糸は少しばかり余裕があるように見える。

これはどういうことだろう？

思い出さなくちゃ……いったい私たちはなんと言って約束したっけ？


『ここで待っていてくれ』

『はい』


そう――確かにそんなやりとりだった。まさかその小さな約束が自分たちを縛ってしまうなんて……。

何とかならないだろうか？

考えなきゃ……考えて、ルリア。考えるのはそんなに得意じゃないけれど、今はそれしかできないんだから。

「あれ、あのとき確か、もう少しやりとりがあったような……そう確か」

そのとき、ルリアの頭にふとひとつの考えが浮かんだ。

——これなら、だいじょうぶかも！

手を放すと、糸が宙を漂った。

意識が現実世界へと戻ってゆく。

8

「ルリア！　どうしちゃったのよ！」

目を開けると、イオとビィが心配そうに顔を覗き込んできていた。

「もう大丈夫です。それより、助けに行きましょう」

「えっ、でも、あたしたち……ここから動いちゃ駄目って……」

「イオちゃん、『ここ』ってどこですか？」

「えっ？」

一瞬、イオの瞳が焦点を失った。思い出している。

「ええと……桟橋？」

「はい。あのときイオちゃんが『ここって？』って聞いてくれて、だから、カタリナは『桟橋で待っていてくれ』って言い直したんです、憶えてますか？」

「う、うん」

「だから『ここ』から動かずに助けましょう！　帝国のあのお艇まで行かなくてもでき

ることはあります！　艇の手前まで桟橋です！」

　イオの瞳に光が戻った。

「そっか。そうよね！　あたしは魔法が使えるんだし！」

「そうです、イオちゃん！」

「だから、最初から言ってるじゃねーか！　っておい、あれ、グランだ！」

　目を戦艦のほうへと向けると、大騒ぎになっている甲板から桟橋へと飛び降りた者がいた。

　グランだ！

「まだ残ってるぞ。誰かケガしてる！」

　目の良いビィが叫んだ。

「ちょっとちょっと、無茶よ！」

　イオが桟橋の上を走り出した。

　甲板の縁に立った男はラカムだった。少年を背中に背負いながらグランに続いて飛び降りようとしていたのだ。少年は男の背中でぐったりとなっていて、ビィの言うとおりケガを負っているように見える。

　だからといって背負ったまま飛び降りるのは――飛んだ！

　渡り板のほうには兵士たちが待ち受けていたから逃げられなかったのは判るけれど、無茶にもほどがある。

下手をしたら空の底まで落ちちゃうのに！

　桟橋まで飛び降りたラカムは少年を背負ったまま倒れ込んだ。着地の衝撃を和らげようと転がるが、そのときにも背中の少年を庇《かば》っていた。

　銀色の髪が乱れ広がっている。

　ノアだ。助け出したのだ。

　その脇にオイゲンとカタリナが次々と飛び降りてくる。

「帝国のやつらが追ってきてるぞ！」

　ビィが言った。

「イオちゃん！」

　ルリアの叫ぶ声に先を走るイオが顔をあげた。その目の前で、カタリナたちを追って、帝国の兵士たちが続々と飛び降りてくる。

「引っ込んでなさいよね！」

　杖をまっすぐに突き出すと、イオは魔法を浴びせかけた。

《元素の突風《エレメンタルガスト》》だ！

　帝国兵を巻き込んでその場に叩きつける。

「グラン！　カタリナ！」

「ルリア！　待っていろと……」

「それより、こっちに――だいじょうぶ、逃げられます！」

ルリアは両腕を広げて立ち止まると、魔法の衝撃から立ち直ってきた帝国兵たちに向かって叫んだ。

「みなさん！　それ以上くると、島のみなさんに迷惑をかけちゃいますよ！」

まるで子どもに言い聞かせるような台詞《せりふ》だったが、ルリアの言葉は劇的な効果を発揮した。

はっとなった兵士たちはそこで立ち止まった。

瞳が光を失う。逡巡《しゅんじゅん》したのはわずかの間だけで、ぞろぞろと渡り板のほうへと向かって歩き出した。

港で戦いを始めては島の人々の迷惑になる。

それはしないと約束しているから……。

「……どうして引き返したんだ。いや、それよりも今は逃げることか」

「艇が飛ぶぞ、おい！」

オイゲンが言った。

ルリアたちの視線がふたたび戦艦へと向く。

兵士たちを呑みこんだ帝国戦艦が、騎空艇の離陸のためのあらゆる手順を無視して空へと舞い上がろうと身震いしていた。

9

帝国戦艦の艦橋の一室――。

目の前で項垂れているポンメルンを帝国宰相フリーシアは冷ややかな視線で見つめていた。

「もうしわけ……」

「言い訳は後で聞きます。それに……収穫もありました」

「はぁ？」

言われたことの意味が判らず、ポンメルンは曖昧な顔をしてフリーシアを見つめた。

その視線を無視してフリーシアは思考を巡らせる。

確かに自分とポンメルンは約束をした。あのグランという少年と仲間たちを捕らえるようにと。だが、それはあくまでフリーシアとポンメルンとの約束であって、そこにはグランたちの行動を縛る条件が揃《そろ》っていない。

「つまり……大尉の行動を縛ることはできても、結果を左右することまではできなかったということですか……」

それでも充分に強大な力ではあった。

約束を履行するために、ポンメルンは己の理性を消し飛ばしてでも果たそうとしたのだから。絶対の忠誠を誓う兵士ほど相手にとって厄介《やっかい》なものはないだろう。

とはいえ、これ以上のことを部下に命じるのは今は無理だった。

ガロンゾに辿《たど》りついたときには知らなかったとはいえ、戦艦に乗っている兵士たちはみなガロンゾ島への犯罪行為は行えないように約束させられてしまっている。

「閣下、あのですネェ……では、これで撤退を？」

「いえ、まだやれることがあります」

眼鏡の蔓を指でもちあげながらフリーシアは冷たい笑みを浮かべた。

「確かにガロンゾの街中へと逃げられてしまっては私たちにできることはありません。だからこそ、捕まえるために彼らが郊外へ出るまで待ったのですから」

「は、はい」

「ですが、向こうから投降してくるならば別です。それはミスラとの約束に反しない」

フリーシアの言葉にポンメルンが困惑の表情を浮かべた。

「そ、それはァいったい……」

「ミスラの力はもう把握しました。この島にきた帝国軍が島を征服下に置けない理由も、ミスラとの『約束』によって縛られているからでしょう。では――」

フリーシアは振り返り、そこに控えている少女に向かって微笑んだ。

「私たち帝国がこの島に害をなすことができないとしても、その『約束』を司るミスラ自身の攻撃はどうでしょう？」

問いかける。

少女は目を伏せると小さな声で言う。

「できる……と思う」

「やはりそうなりますか」

「閣下は、この者の言葉を信じると……？」

「この人形が言うならば正しいと信じる根拠はあります」

フリーシアの言葉に少女――オルキスはぎゅっと唇を噛《か》み、持っていたぬいぐるみを引きつけて抱きしめた。

その様子を感情の浮かばない瞳で見つめながらフリーシアは言う。

「作戦は崩れましたが、カードが尽きたわけではありません。星晶獣ミスラの召喚を命じます。いけますね？」

オルキスは黙って頷いた。

頷くしかなかったのだ。

逆らえば。あのひとは。

「結構……」

離陸の準備を命じつつ、フリーシアはオルキスを伴って甲板へと出た。

ケガをしているノアを治癒術の使えるカタリナとイオに預け、僕たちは倉庫の手前、港の人々が働いている場所まで戻った。

戦艦の様子を見つめる。

逃げながら僕たちはルリアから話を聞いた。

星晶獣ミスラについては僕たちもノアから聞いたばかりだが、まさかその力が港に辿りついたときから行使されていたとは気づかなかった。

だから誰も追いかけてこないのか！

「このまま飛び立って去ってくれりゃいいんだが……」

ラカムが言ったが、さすがにそれほど甘くはなかった。

「あれ……オルキスちゃん⁉」

ルリアが叫んだ。

甲板の上に小さな人影が見える。

ひとりはあのエルーン族の宰相フリーシアだ。だが、傍らにもうひとり、小さな少女が立っている。

ルリアよりも少しくすんだ青い髪が風になびいていた。

10

確かにあの子だ。オルキス。

「けど、いつもいっしょにいたあの黒い鎧のやつがいないぜ」

ビィの言うとおりだ。

「まさか……あの人が鎧を脱いだ黒騎士さんなんでしょうか」

宰相を見つめながらルリアが言った。

「それはねぇなぁ。ありゃ、間違いなく別人だ」

どうして断言できるのか判らなかったが、オイゲンはきっぱりと言った。

フリーシアは甲板の縁まで歩いてくると僕たちのほうを見下ろした。

まさか、こっちが見えてる？

「どうやら艇はそのまま飛ばすつもりみてえだな」

もやい綱を解くこともせず、巨大な戦艦が強引に浮かぶ。ちぎれたもやい綱が反動で桟橋を叩いて跳ねた。

ゆっくりと遠ざかる甲板の上でフリーシアが笑みを浮かべた。

それが判ってしまう。

「グラン！　来ます！」

何が、と聞くまでもない。

戦艦のさらに上の空に巨大な光球が現れた。

「ありゃあ、なんだぁ」

オイゲンが呆然《ぼうぜん》とした声を出す。

「オルキスちゃんが呼んでるんです」

光球の輝きが薄れると、青い空を背景にして、光の玉の内部に黒い玉が現れた。

「来ます！」

黒い玉を押し広げるようにして巨大な生き物の姿が見えてくる。

「なん……だよ、ありゃあ……」

「あれで……生き物なのか。まるっきり機械じゃねえか！」

ラカムとオイゲンが震えるような声で言った。

「あれが……星晶獣ミスラ……」

僕の声も震えていたと思う。

それほど奇怪な姿の星晶獣だった。今までに出会ったあらゆる星晶獣とは異なる姿をしている。

それは巨大な歯車の集合体だった。

縦と横に組み合わさった大きな歯車を中心にして、無数の小さな歯車が互いに組み合わさるようにして存在している。

どこかで見たことがあるような、と思って、少し考えて思い出した。故郷の村にあった「時計」を分解してみたことがある。好奇心でやってみたのだが、ちょうどあんな感じで、内部では組み合わさった歯車がいっぱい回っていた。

「でけえな……あのヒゲが変身したのよりでけぇぞ、あれは」

ラカムが言った。

離れて見ているのに、もっとも大きな歯車が回っているのが判るのだ。

おそらくはあのもっとも大きな歯車は馬車一台ほどはある。

「ミスラを呼び出して、あいつは何をしようってんだ？」

いぶかしむオイゲンの疑問はすぐに明らかになった。

フリーシアはやはり僕たちが見えていたのだ。

さっと片手を上げると、僕たちのほうへと向かって手を振り下ろした。

ギリっと巨大な歯車が回ったのが見えた。

次の瞬間――。

大きな歯車の中央に、目玉のようにくっついていた緑色の玉が輝いた。

僕たちのすぐ脇にあった荷箱の山ひとつが爆発するかのように吹っ飛ぶ。

「げ！」

にやり、と宰相が笑みを浮かべる。

「おいおい！　街に迷惑はかけられないんじゃねーのかよ！」

僕は宰相の意図が読めてしまった。

「帝国宰相は約束を破ってはいない。あのひとが狙ったのは島の人間じゃなくて僕たちだから！」

「街には迷惑かけてるだろーがよ！」

「でも、それはあのひとの意思とは関係ないんだ。ミスラのやったことだから」

幸か不幸かミスラの狙いはさほど正確ではないようで、二発目は僕たちとはかなり離れた位置の倉庫に突き刺さった。扉が吹き飛ばされてしまった。

三発目はもっとひどかった。

僕たちのいる第四港は艇の補修用の船渠《ドック》の隣にあるのだけど、ミスラの攻撃はその船渠のほうに飛んでいった。修理を待って待機している騎空艇へと突き刺さり、小型艇がひとつ爆発した。修理待ちで誰も乗っていないだろうことが幸いだ。

戦艦はゆっくりと浮上しつつあり、上空からの一方的な攻撃に、そんな備えのあるはずもないガロンゾの港は大混乱に陥っていた。

「やめて！　やめてください！　どうしてこんなヒドイことさせるんですか！」

ルリアが泣きながら叫ぶが、遠く離れた戦艦に届くはずもなかった。

「やめて欲しけりゃルリアちゃんを差し出せってことだろうな」

「……！」

オイゲンの言葉にルリアが凍りつく。

「おい、行くぞ！」

ラカムが言った。

「行く？」

「止めるんだよ。あいつを」

そう言いながら、ラカムが桟橋の一角に向けて走り出す。

僕は慌てて背中を追った。

「ど、どこへ！」

「グランサイファーだ。飛んでるやつに言うことを聞かせるなら、他に方法はねえ！」

幸いにもグランサイファーは隣にある船渠の手前で順番待ちになっていた。まだ整備が始まっていない。今なら飛び立てるように見えた。

出港を管理する役人たちは大混乱している港を落ち着かせるために奔走しているようで運よく僕たちを止める者はいない。

僕たちは操舵室《そうだしつ》に転がるようにして乗り込む。

ラカムが、最近はイオに任せていた機関士の席に座って主機関の炉に火を入れた。

引っぱたくようにして釦《ぼたん》を押し込む。

操作卓の上をラカムの手が躍る。

「とにかく、浮きゃあいいんだ。ほんのちょっとでもな。後はなんとかな――なんだ？」

地鳴りのように聞こえていた駆動音がぴたりと止まった。

「お、おい、なんで止まっちまうんだよ！　まだ動くだろ、おい！」

操作卓を引っぱたくが、グランサイファーは身じろぎもしなかった。

「言ったろう、飛べないって」

その声に弾かれたようにラカムが顔をあげる。

操舵室の入り口の扉にもたれかかるようにしてまだ青い顔をしたノアが立っていた。

その後ろには心配そうな顔をしたカタリナとイオがいる。

「飛べないって……」

「言ったはずだよ。僕たちの間の約束はまだ果たされていないんだ。それが果たされない限りグランサイファーは飛ばない。いや、飛べないんだ」

ラカムが呆然とした顔になる。

「グランサイファーが飛べない……ってのか」

ラカムが項垂れてしまう。

僕はルリアを見た。

ルリアは困ったように眉を寄せて首を横に振る。

「因果の糸は私では切れません」

それに、とルリアは続ける。

「約束には重さがあるんです、グラン。目を凝らせば確かにグランサイファーにもラカムにも、それからノアさんにも、ミスラの力の糸が絡みついているのが判ります。でも、その糸はとても太くて、とても複雑に絡み合っていて……」

「ほどけない、っていうのか」

「はい。どこをどうすれば弛《ゆる》めることができるのか、私じゃとても……」

だが、今この瞬間にもミスラの攻撃は続いているのだ。被害が拡大する前に何とかしなくちゃいけない。

「ほかの騎空艇を借りることができるかもしれないな」

カタリナが言った。

その言葉にラカムがびくりと身体を竦《すく》ませる。

そもそも、グランサイファーを使わない、という方法ならば確かに「約束」には反しないわけだ。

でも……。

「ラカムさん……」

目の前で項垂れている騎空士はそれはもう凄腕《すごうで》の操舵士《そうだし》で、とくにこの艇を操るときの彼は生き生きとしていて……。

「ラカムさ……ラカム」

僕はラカムの前に回りこんで声をかけた。

「あなたなら思い出せます」

「グラン……おまえ……」

「ほかの艇に乗り換えるのは簡単です。でも、僕たちはこの艇でずっと一緒に戦ってきたじゃないですか。僕はこの艇が好きなんです」

ポート・ブリーズのあの平原で出会ってからずっと。

僕自身、この青い艇に魅せられているのだと思う。僕とよく似た名前をもつ青い艇。星の民がこの空へと渡る際に造られたというこの中型騎空艇。

グランサイファーに……。

「サイファーというのは暗号という意味もあるけど、ゼロという意味もあるんだ」

ノアが唐突に言った。

「《大いなるゼロ《グランサイファー》》。始まりを意味する言葉だよ。全《すべ》ての旅はこの艇から始まる。そんな意味を込めて付けられた名前だ。あのひともいい名前だと言ってくれたよ」

また、出た。ノアの言う「あのひと」って誰のことなんだろう。懐かしさを漂わせる響きを込めた言葉だった。

「ラカム、君が信じるなら、きっとまたグランサイファーは君と共に空を飛ぶことができる」

「俺が……グランサイファーを信じる……」

「思い出せるはずだよ、君なら」

ノアの言葉にラカムは目を閉じた。

彼の心は二十年の歳月を越えて、幼い頃へと還《かえ》ってゆく。

第4章 思い出の艇

1

エルステ王国が帝国に変わるよりも、さらに十年昔。

まだ九つだったラカムはオイゲンに頼み込んでガロンゾ島へと渡った。

二十年前──。

「オレが、あいつをまた空に還《かえ》してやるんだ！」

幼いラカムの口癖はいつも決まっていて、ポート・ブリーズの平原に眠る青き竜を自らの手で目覚めさせる決意だった。

だが、熟練の船大工《ふなだいく》たちにとってみればラカムなど素人の子どもにすぎない。ゆえに、彼らがその胸襟《きょうきん》を開くことはなく……。

「なぁ、おっちゃん！　ここの動力炉についてなんだけどさ！」

ラカムの広げた教本をちらりと目の端で見たドラフの船大工は、黙ったまま扉のほうへと向かって顎《あご》をしゃくった。「出てけ」の意味だ。

ラカムはへこたれなかった。

故郷であるポート・ブリーズ群島からガロンゾ島へと渡るためにオイゲンの乗る騎空《きくう》艇《てい》に同乗させてもらえたことだけでも信じられない幸運なのだ。すでに騎空士として名を成していたオイゲンが、わずか九歳のラカムのいったいどこを気に入ってくれたのか判《わか》らない。それでもラカムにとっては二度とない機会である。

幼いながらも、それは理解していた。

「なあなあ、おっちゃん！」

「うるせえぞ……」

身体《からだ》の大きさが縦も横も倍ほどもあるドラフの船大工に押し殺した声で言われ、ぎろりと睨《にら》まれれば、さすがに怯《ひる》む。怯むのだが、そこで負けるわけにはいかない。

「なあ！　おっちゃん！　教えてくれっての！」

「……おい」

隣に座って黙ってエールを呑《の》んでいたドラフの青年がラカムの肩に手を置く。

「な、なんだよ」

「これ以上、親方の手をわずらわせるんじゃねえ。叩《たた》き出《だ》すぞ」

「お、オレはこれをどうしても知りたいんだよ！」

ガロンゾに滞在できる期間は短い。

いずれは故郷に帰らねばならない。

だからこそ、寸暇《すんか》を惜しんで学びたいのだ。グランサイファーを自らの手でふたたび飛ばすためには多くのことを船大工たちから教えてもらわねばならない。

「ガキは外で遊んでろ」

薄い笑いを浮かべながら言われ、ラカムの頭に血が昇った。

「オレは子どもじゃない！」

「ここは酒場だ。酒も呑めずに、まだミルクを飲んでる坊やには早いって言ってんだ」

「お、オレは――」

完全に売り言葉に買い言葉だった。ラカムは目の前のドラフが呑んでいたエールのジョッキに手をかける。

「おいこら」

止めるのも聞かずにジョッキに口をつけ呷《あお》った。

ヒューマンの子どもは一般に大人よりも苦味に対して感受性が高い。ドラフの大人には美味《うま》い水にしか思えないエール酒も、ヒューマンの子どもには苦い水モドキとしか感じられないのだ。

しかも、『青ざめたあひる亭』は強い酒を出すことで有名な店だ。そもそも、呑んだ客がみな青ざめて千鳥足になることから付いた店の名前である。

口いっぱいに広がった苦味と、鼻に抜けるきついアルコールの香り。

ラカムは一口も飲めずに、たまらずに吐き出してしまう。

「げほっ！　げほっ！　に、苦《にげ》ぇええ！」

これはダメだ。こんなものを大人はどうしてあんなに美味そうに呑むんだろう。大人ってのは舌がおかしいんじゃないか、とラカムは思った。あまりの苦さに目尻に涙が浮いていた。

酒場中の船大工たちが笑っていた。ラカムの頬《ほお》に血が集まる。

「おい……」

ドラフの青年が目を吊《つ》り上げていた。

「てめぇ、よくも俺の酒を台無しにしやがったな？」

「あ……。ちょ、ちょっと、ちげえって」

ひょい、と。

まるで猫の子でもつまむように服の首の後ろを摑《つか》まれる。

そのまま力尽くで酒場の外へと叩き出された。

そのあとは何をどうしてもラカムを店に入れてはくれなかった。

2

転がっていた小石を蹴《け》りつけ、ラカムはぼんやりと通りを歩いていた。

ため息をついてから自分の腕を見つめる。

細い腕だ。

ヒューマンの子どもとしては鍛えているほうだと思うのだけれど、ドラフの職人たちと比べると枯れ木のように思えてくる。

彼らが自分を子ども扱いするのも当然だろう。

理解はできるのだが――納得はどうしたってできやしない。

はあ、とうなだれてしまう。

そのまましばらく歩きつづけ、ふと顔をあげて心臓がどくんと大きく打った。

「ここ……どこだ？」

知らないうちに知らない場所まで歩いていた。

振り返る。

街並みに見覚えがない。

さあっと顔から血の気が引く。

「えっ……。うそ、だよな。おい……！」

小路《こみち》から小路へと一ブロックだけ戻ってみるが、それでも見慣れた風景には出会えない。ラカムの顔に焦りと困惑の表情が浮かぶ。

「お、オイゲンー！　おおい！」

知り合いの名を呼んでもどこからも返事がなかった。

走り出す。

「オイゲン！　おおい！　誰か！　おーい！」

目尻に浮かぶ涙を走りながら散らし、前も見ずに駆ける。

けれども、走れど走れど、呼ぶ声に応《こた》える声はなく、見覚えのある景色が見えてくることもなく……。

ついには力尽きてとぼとぼと歩いていると、ガツッ、と向こう脛《ずね》に何か硬いものがあたった。

「イテッ！」

足を取られて前のめりになる。

そのまま倒れそうになったところを手が伸びてきて腕を摑まれた。ぐい、と引かれる。

「ごめんよ、だいじょうぶかい？」

辛うじて倒れずにすんだラカムは、痛みに顔をしかめつつも伸びてきた腕の先を見た。

「あ、ああ。だいじょうぶだ——けど」

思わず涙も引っ込んでしまう。

驚いたのは転びそうになったからだけではなくて、ラカムを摑んだ手の主が、銀色の長い髪をもつ自分よりやや年上な感じの子どもだったからだ。

ふわりとした服の袖《そで》から伸びる腕はラカムよりもさらに細く、まるで少女の腕のようだった。そう思ってよく見ると、顔立ちもきれいな女の子のようで、年上らしいとはいえ、とても自分をとっさに支えてくれた力があるようには見えない。

——男、だよな？

中性的な顔立ちだけれども、おそらくは自分と同じ男の子だと思われた。

「本当にごめんよ、邪魔だったろう？」

「えっ……？」

見れば、少年の反対側の手には妙な形をした杖《つえ》が握られている。先が四角く膨らんでいて、身体を支える杖としては微妙に不便そうだった。その膨らんだ部分がラカムの脛に当たったのだ。

「ケガはないかい？」

顔を近づけられ、下から覗《のぞ》き込むように言われて、ラカムは思わず身体を引いた。

「だ、大丈夫だって」

「そう？　それならいいんだけれど……」

少年の表情は真剣で本気でラカムの身を案じているようだった。

「お、オレも前を見てなかったから、おあいこだろ」

「そう言ってくれると、僕も罪悪感をほんの少しだけど薄めることができるよ。ありがとう」

「へ？　あ、ああ、……ども」

何が「ども」なのやら、とラカムは思う。

なぜここまでうろたえてしまうのか判らない。目の前の少年は自分と変わらない年頃なのに、おとなびた物言いの似合う奴だなとは思った。それと、にこりと微笑《ほほえ》む眼差《まなざ》しの向こうにラカムには知らない何か大きなものが隠されているような気がしたのだ。

「ふむ……。ええと、君は何か悲しいことでもあったのかな？」

「……え？」

「そんなふうに下ばかり見て歩いていたら危ないよ。ぶつけた僕が言えたことじゃないけれどね。悲しいとき、悔しいときは、ほら──」

そう言って彼は顔をあげて空を指さした。

「空を見たほうがいい」

季節は秋に差しかかっていて、ガロンゾの空はどこまでも青く高かった。ポート・ブリーズで見た空のように。

そういえばガロンゾに来てからずっと空を見る余裕なんてなかったっけ。騎空艇の設計図と教本を見るばかり──下ばかり見ていた気がする。

「青い……な」

「そうだね、今日みたいな空は騎空艇が飛ぶのにうってつけの空だ」

「騎空艇が……」

「空は好きかい？」

そう言ってふたたび少年はラカムを見つめてくる。

青い瞳《ひとみ》が何かを期待する色で輝いていた。

だが、ラカムが答える前に、通りの向こうから声がかかる。

「おーい、ノア。どうしたー」

「ああ、ごめんよ。待たせてしまっていたね」

張り上げたわけでもないのに、彼の声はよく通った。

道の反対側から声をかけたのは少年の連れらしき騎空士たちだった。そのなかのひとりの青年が少年を呼んだのだ。茶色の髪をした、二十代半ばほどの青年だ。傍《かたわ》らには紫の花を服に貼《は》り付けた長い髪の女性がいた。遠目だから何の花かもよく判らなかったが。

「じゃあ、本当にケガはないんだね？」

「ああ」

「そうかい……。もしまだ時間があるんだったら、この道をまっすぐ行ってみるといい。きっと気晴らしになるものがある」

謎《なぞ》めいた言葉を言ってから、ノアと呼ばれた少年は微笑む。

「用事を済ませたら、僕も行くよ。また会えるといいね」

そう言って少年はラカムの返事を待たずに通りを渡ったのだった。

3

少年の教えてくれたとおりに大通りをまっすぐに進むと街の門が見えてくる。

門を越えた。

さほど離れていないあたりに青い草地の広がる公園があった。

そこはちょうど丘の上にあたり、開けた視界のなか、なだらかな起伏を繰り返す草の原がどこまでも広がっていた。

緑の斜面は遥《はる》か果てで青い空へと繋《つな》がっている。

そこでは遮るものなく大地と空が混ざり合っていた。

果ての果ての空の向こう、視界のぎりぎり下あたりに、ぽつんと点として小さく隣の島が見えている。その島のさらに下にたなびく雲海は早くもかすかな茜色《あかねいろ》に染まっていた。あそこの空の下はもう夜に差し掛かっているのだ。

頭上の透きとおった蒼《あお》から、徐々に青の色が褪《あ》せてゆき、やがては夜の半球の端の橙色《だいだいいろ》の雲海線へと辿《たど》りつく……。

こんなに遠くまで見通せることなど全空でも滅多にあることではなかった。

それほど今日は空が澄んでいるということか。

空の果てまで見通せそうだ。

「すげぇ……」

思わずため息が出た。

あの銀髪の少年に言われてここに来なければ、自分はこの遠大な風景を知らずにガロンゾを後にしたことだろう。

見つめていると自然と涙が溢《あふ》れていた。涙の粒を零《こぼ》すまいとラカムは空を見上げる。

まだ昼下がりの青く高いガロンゾの空には雲ひとつ出ていない。

視界のなかが青でいっぱいだった。

「やっぱり、空はでけえや……」

どこまでも青い……艇《ふね》が飛ぶのにうってつけの空。

「オレ……なに、焦ってたんだろ……」

胸の内側にしこりのようにわだかまっていたもやもやが晴れてゆく。

自分はまだ九歳だ。

何十年も腕を磨いてきた船大工たちに敵《かな》うはずがないではないか。それなのに無理して対等に張り合おうとしてきた。

——じゃあ何をすればいい？　どうすれば彼らに認めてもらえる？

教本を手に浮かんだ疑問を端からぶつけるだけじゃだめだ。それに、ラカムがガロンゾに留《とど》まっていられる時間は短い。宿代だってオイゲンに世話になっているような状況で、いつ「帰れ」と言われるか判らないのだ。もっと効率的に学ばないと……。

ふと、視界の端をかすめたものに視線を向ける。

公園の隅にそれはあった。

「あれ……これって……」

それは子どもの遊び場によくある遊具のひとつだった。

乗って遊べるように作られた木製のおもちゃだ。全体的にはずんぐりとした、卵を横にしたような形をしている。

「騎空艇、か、これ」

中型艇によくある上下の二層構造になった艇のようだが、上の気嚢《きのう》の部分と下の居住層の部分が分かれておらず一体化してしまっている。大きな木を削りだして作ったような、ようするに模型《モックアップ》だ。

似たようなものをラカム自身も作ったことがある。両手のひらに乗るほどの小さなものだったが。

それを子どもひとりが跨《また》がれるほどの大きさにした遊具だった。

こんなものまで騎空艇の形をしているとは、さすがは船大工の島。

ただ、ところどころの塗装が剝《は》げていて、だいぶ長く遊ばれていないようだった。

「グランサイファーに似てる、な……」

そう思ったときにはもう遊具に跨がっていた。

翼の部分に足をかけ、気嚢の部分に腰を据える。

きょろきょろと周りを見回してみる。

けっこう高い。おとなと同じほどの目の高さになっている。地面との距離が遠くて、見える風景が新鮮だった。

――おとなってこんな景色を見てんのか。

なるほど、自分が取るに足らない存在に見えているはずである。

けれど――。

「オレは誓ったんだ。あいつを絶対、空に還してやるってな！」

決意の強さなら誰にも負けはしない。

「この島でそう簡単に誓いの言葉なんて口にしてはいけないよ」

「えっ？」

かけられた声に驚いて思わず立ち上がろうとして——翼に体重をかけたときにそれは起こった。

バキリ、と何かが折れる音。

体重が一瞬だけなくなったかのような浮遊感とともに、しまった、という想《おも》いがラカムの脳裏をよぎる。

「う……わっ！」

身体が左に傾く。足を乗せていた翼の片方が、身体の重みに耐えかねて折れたのだ！

4

「あぶないっ！」

とっさに駆け寄ってきた声の主が支えてくれなければラカムは地面に頭から落ちたところだ。

「ふう。まったく君は目が離せないね」

「わりぃ……」

ラカムはおもちゃの騎空艇から降りた。

今度もラカムの不注意である。助けてくれたのはまたも銀色の長い髪をしたあの少年だった。確か名前は――。

「ノア、だっけか」

「憶《おぼ》えてくれたんだね」

そう言ってにこりと微笑む。

「あ、ありがと。また助けてもらって――っう！」

脚に痛みを感じて見下ろすと、膝《ひざ》のあたりを擦《かす》って血が滲《にじ》んでいた。

「だいじょうぶかい？」

心配そうな顔。

「こ、こんなの舐《な》めときゃ治る！」

「ふむ。いや、それはやめたほうがいい。傷は甘く見ると化膿《かのう》するからね」

言いながら彼は腰帯に提げていた小さな鞄《かばん》から、小さな硝子の瓶と包帯を取り出すと、瓶の中の液体をラカムの膝へとかけてくれた。

「いてえ！」

「消毒はしないとね」

「それ、魔法の薬か？」

「たんなる消毒のためのお酒だよ」

お酒にはそんな使い方もあるのかとラカムは驚いた。

傷口をきれいな布で拭《ぬぐ》うと、ノアは手早く包帯を巻きつけた。鮮やかな手並みだ。

「ええと、その……ありがとう」

「ケガは騎空士の日常だからね」

「オマエ……やっぱり騎空士なのか？」

「……どうかな？　そう呼んでくれる人もいるけれど、僕自身は自分を艇造《ふねづく》りが得意なだけの旅人だと思っているかな……」

少し迷った末の言葉のようで、彼には何か思うところがあるようだった。

「でも、貴重なんじゃないのか、それ」

「騎空艇にはいくらでも備えがあるし……それに、これは僕の責任でもあるから」

ノアは不思議なことを言った。

「もう誰も遊ぶことはないと思っていたのだけれどね……」

見つめる先を追ってラカムははっとなった。

遊具の騎空艇の翼が——折れてしまっている。

ラカムは翼の欠片《かけら》を拾い上げて呆然《ぼうぜん》となってしまう。

「オレの、せいで……」

空を飛ぶことのないたんなる模型だし、かなり古くなっていたのだから寿命だろう。

そう言って罪悪感を消せるほどラカムは大人ではなかった。

「君は不思議だね。あんなに痛そうな傷を負っても我慢していたのに、おもちゃの騎空艇の折れた翼のために涙を流すことができる」

ノアに言われて、初めてラカムは自分が涙ぐんでいることに気づいた。

「オ、オレは……」

「ああ、そんな泥だらけの手で顔をぬぐってはいけないよ。汚れてしまう」

そう言いながらラカムの抱えていた騎空艇の翼を受け取ると、遊具の折れた端にそっとくっつける。

何をしているのだろうと首を傾《かし》げた。

ノアは折れた翼に手を当てると優しく撫《な》でる。

「あ……！」

驚いたことに彼が手を離しても翼は落ちることがなかった。

折れた翼が──。

「くっついてる！」

「言ったろう。僕は艇造りが得意なんだ」

そうしてノアはゆっくりとおもちゃの騎空艇の表面を撫でる。白く淡い輝きが手のひらから漏れていた。輝きが模型の表面を包み込むと、驚いたことにおもちゃの騎空艇はまるでたった今作られたかのようにぴかぴかに輝いていた。

「すげえ……！」

「ふふ。ほら元通りだ。もっと早くこうしておけばよかったね」

微笑みながらノアは軽く膝を曲げて地面を蹴った。

ふわり、とまるで身体の重さを感じさせない動きでノアは木目も新しい騎空艇の上に飛び乗った。そうしてラカムに向かって腕を差し伸《さしの》べる。

「ほら」

差し出した手を握ると、ぐっと引かれる。

ラカムは次の瞬間にはノアの腕のなかにいた。つまり騎空艇の上に乗っていたのだ。

信じられない力だった。

「気をつけて、立っていられるほどの余裕はないからね。座ったほうがいい」

「う、うん……」

ラカムは前と同じようにおもちゃの上に跨がり、ノアは、船尾のほうにまるで舵《かじ》を操る船乗りのように立った。あの奇妙な形の杖を櫂《オール》のように支えにしている。

「もうすぐ夜が来る」

ノアはまっすぐに艇の前方の空を指さした。

雲海線は藍色《あいいろ》の帯へと変わり、中天の青を浸食しつつあった。

夜の半球が東から押し寄せてきている。

「けれど、夜のあとにはまた朝が来るんだ。この艇は昇る朝日に向かって飛んでいるんだよ」

背後から聞こえてくるノアの声。

「朝日に……」

「未来に向かって、と言ってもいい。僕がこの艇をここに造ったのはガロンゾの子どもたちのためだった。でも今は、ガロンゾの子は騎空艇を見慣れてしまったものでね。もうこれで遊んでくれる子はいなくなってしまってたんだ」

自分も子どものくせにノアはそんなことを言った。

「君は、ひさしぶりのこの艇の乗組員だ。騎空艇グランサイファーにようこそ」

「グランサイファー⁉　この艇も同じ名前なのか⁉」

思わず振り返った。

「え？」

ノアが初めて見る顔をしていた。端正な顔に、まさかという表情が浮かんでいる。

ラカムは、自分の故郷がポート・ブリーズであること、その島の平原に墜落《ついらく》したままになっている騎空艇があること、その艇を直すべくあちこち見てまわった結果、艇体に刻まれた艇の名前に気づいたことを語った。

「そうか……君はあの艇と出会ったんだね」

「笑わないんだな……」

ラカムは言った。

「笑う？　どうしてだい？」

「ほかの奴らは、直すなんてムリだって言うんだ。あの艇が何百年前からあそこに墜落してると思ってるんだ、って……。でも、でもさ。あいつは壊れちゃいない！　オイゲンもそう言ったし、オレには判るんだ、絶対直せるって。あいつは空に還りたがっているんだよ！」

「うん……そうだね、その通りだ」

ノアの言葉にラカムははっとなって顔をあげる。

「そうか……あの艇は今は君の元にあるんだね」

「オ、オレのってわけじゃ……」

自分が図々しいことを言っていると気づいてラカムは急に自信がなくなってしまった。

「いいや、君のだよ。あの艇がそう望んだのならば」

「グランサイファーが……？」

「あの艇は乗り手を選ぶんだ。君……ええと？」

「ラカム」

名を尋ねられているのだと気づいて答えた。

「ラカムか。良い名前だね。ラカムはあの艇をもう一度飛ばしたいんだろう？」

「そうだよ！」

「グランサイファーは大きな艇だ。それほど簡単には直せないだろう。数年、もしかしたら、十年以上かかるかもしれない。そんなに長く君は今の気持ちを持ち続けられるかい？　それに、もし直せたとしても、不具合を起こしてまた落ちるかもしれない……」

そう言いながら彼は自分が直したおもちゃの騎空艇を見つめた。

何年も、ひょっとしたら何十年も放《ほう》っておかれた子どもたちのための遊具を。

ラカムが見たときにはあちこちの塗装が剝げていたし、足を踏み抜いたのは翼の部分の木が腐っていたからだ。

そうしようと思えばあっという間に直せたのに、彼はこの遊具をずっとそのままにしておいた。

子どもたちがもうこの遊具では遊ばないと判っていたからだろう。彼らは飽きて他のもっと楽しい遊び場へと行ってしまった。

緑の公園には今は誰も通わない。

「僕ができることは艇造りだけなんだ。長く長くそれだけをやってきた……。あの人に請われて旅を続けているけれど、彼は僕の力を本当は必要としていない。僕はずっと思ってきたんだ、この空での僕の役割はもう終わったのかもしれないと……」

「ノア……？」

正直に言ってしまうと、そのときのラカムには彼が語っている内容の半分も理解できていなかった。ただ、目の前の少年の心に、とても深い傷がついていることだけは何となく判った。

「おい、ノア！」

膝を摑《つか》んで揺する。

「そんな顔するなよっ」

「……ラカム？」

「お、オレに下を向くなって言ったのはオマエじゃんか。オレは諦《あきら》めない。この気持ちを忘れたりしない！　あの艇が飛びたいって願う限り、オレは絶対にあいつを助けてやるんだ。もういちど――」

空を見上げる。

「あの空へ――」

どこの所属か判らない騎空艇が港から飛び立って空を過《よ》ぎっていった。

「君なら……、そうだね、君ならできるかもしれない」

「やるよ！　やってみせる！」

ノアの後ろ、街のほうから夕刻の鐘の音が聞こえてくる。

もうすぐ門が閉まることを知らせているのだ。

「もし……もし、ラカム。君があの艇をふたたび空に還すことができたなら」

ノアの声が弱々しいまるで老いた老人のように掠《かす》れる。

「そのときはもういちどこの島を訪れてほしい。そうして僕を乗せて飛んでみせてくれないか。青い空のなかを」

ノアの背中で落ちてゆく太陽の光はすでに幾分か弱くなっており、青い空にいつの間にか出ていた雲が茜の色に染まっていた。夕焼けだ。逆光のなかでノアの表情は朧《おぼろ》に霞《かす》んでいる。泣いているのか笑っているのか。あるいはそのどちらでもあるような、その狭間《はざま》の——昼と夜の境の、ちょうど今の時刻のような曖昧《あいまい》な……。

ラカムは頷《うなず》いていた。

「判った。オレの話を聞いて笑わないでいてくれたもんな。グランサイファーを直したらこの島に来る。そのときは、絶対ノアを乗せて飛んでやる。そんで、一緒に青い空のなかをこんなふうに朝日に向かって飛ぼうぜ！」

ラカムはふたたび前を向いた。

今は真っ暗な東の空だけれど、必ずまた日は昇るのだ。

「次にノアに会うときには絶対にグランサイファーに乗せて飛ぶ。約束だ！」

そう言って振り返ったラカムは目を瞠《みは》った。

「あ、あれ……？」

船尾に立っていた少年の姿はいつの間にか消えていて、夕焼けにガロンゾの街が赤く染まっている光景だけが目に飛び込んでいた。

「う……そ」

夕方の風に乗ってノアの声が聞こえたような気がした。

約束だよ……。

5

第四騎空艇港に隣接する船渠《ドック》──の手前。

修理を待つ騎空艇がずらりと並ぶ桟橋《さんばし》の右から三つめに係留されていたグランサイファーの操舵室《そうだしつ》のなかでラカムは二十年の時を思い返していた。

ぽつりぽつりと雨だれのように溢れてくる彼の言葉、それを受け止めながら、僕たちは二十年前の約束の仔細《しさい》を知ることとなった。

ラカムの意識が現在へと戻ってくる。

「そうか……！　ノア、お前……！」

「思い出せたようだね」

「ああ、ぜんぶ思い出した」

「ほんとかぁ？」

ビィがそれでもまだ不審げな顔をしていた。

「間違いねえ。そうだ、その銀色の髪、透き通った青い瞳……なんで忘れてたんだかな。俺はあのとき確かに約束したんだ」

次にノアに会うときには絶対にグランサイファーに乗せて飛ぶ。約束だ！

「そう、君は確かにそう言ったんだよ。嬉《うれ》しかったなぁ、あの時は。製作者として、難破船になってしまったあの騎空艇のことは、ずっと気にかかっていたからね」

ノアはそう言ったが、ラカムの話を聞いた限りでは、製作者としての思い入れだけではなかったように思う。

「なるほど。その約束をミスラが聞き届け、星晶獣《せいしょうじゅう》の力でグランサイファーをこの島から飛び立てないようにしてしまったというわけか」

カタリナがまとめる。

「じゃあ、ほんとにノアって星晶獣なの!?」

「でも、どーして最初会ったとき、ルリアに判らなかったんだ?」

イオとビィの疑問にルリアが少し困ったような顔をして答える。

「ノアさんをこうして目の前で見ていても、私には判らないんです。かすかに星晶獣の匂《にお》いがするような気もします。でも、それよりもこれは……どこかで感じたような」

ルリアの言葉は曖昧《あいまい》で要領を得なかった。

「匂い」なんて言うけれど、もちろん僕らが感じる匂いとは異なるものなのだろう。気配、とかそういうものに近いに違いない。

「星晶獣は時として、人の間で生きてゆくために、気配を人に似せることを覚えるんだ。ルリアが僕に気づかなかったのはルリアのせいじゃない」

あれ？　とそのときようやく僕は気づいた。

そういえばノアは最初に声をかけてきたときからルリアの名前を呼んでいた。いったいどこでルリアの名を知ったんだろう？　僕らの会話を聞いていたのだろうか？　それにしては……。

「それより、僕らには時間を無駄にしている余裕はないんじゃないかな？」

ノアに言われて僕らは気づいた。

先ほどから外が静かだ。

「そういえば……ミスラの攻撃の音がしないな？」

カタリナが操舵室の窓から外を見る。

「あれ？　あいつ、どこいったんだ？」

目のいいビィが上空の帝国戦艦を睨みながら言った。

「んん？　どこにもいねーぞ……？」

「たぶん……私たちが出ていくのを待っているんだと思います」

ルリアが言った。

「そのとおりだろうね。ミスラの力は星晶獣さえ縛る。それはミスラ自身も例外じゃない。あの女性は君たちを攻撃するようミスラに命じた。君たちがこの騎空艇のなかに隠れてしまった以上ミスラには攻撃できない。艇は対象外だから」

「えっ、じゃあ、このままオイラたちがここに隠れ続けりゃいーんじゃねえか？」

「彼女が命令を変えなければね。でもおそらく……」

ノアは悲しげな顔でため息をついた。

※

「無駄なことです。ゲームのルールを破らずに切り札を切るなど造作もない。オルキス、次はあの艇を攻撃させなさい」

「わかった……」

くすんだ青い髪の少女は一度は送還した星晶獣をふたたび召喚するべく虚空《こくう》を睨む。

「き……て……」

すでに昼を越え、時刻は夕方に差しかかっていた。

黄昏《たそがれ》の淡い光のなかでオルキスは祈る。その力がどこからくるのか彼女は知らない。

自分のことを「私の人形」と呼ぶあのひとならば知っているのかもしれない。でも怖くて聞けないでいる。だって……この力を使うときだけは、あのひとは私の傍《そば》にいてくれる。

ときおり思うことがある。あのひとが欲しいのは自分の身体に眠るこの力だけではないのかと。この身体だけではないのかと。

だからこそ私のことをこう呼ぶのではないだろうか、「人形」と。

「来《こ》し方行く末を見守る風は因果の糸を絡めて結びゆく……約定《やくじょう》を司りし力あるものよ、疾《と》く来たりて我が前に姿を現せ……」

それでもやるしかない。私にはあのひとしかいないのだから。

たとえそれが友、と呼んでくれた者に仇《あだ》なす行為だろうとも。

「出《い》でよ、契約を司るもの――星晶獣ミスラよ！」

青から藍へと変わりつつある空に一筋の光の線が走る。

光の筋から緑色の風が吹き出してきて、空間の亀裂《きれつ》を押し広げる。

のしり、と狭い亀裂を身体で押しのけるようにして、巨大な歯車が回り続ける星晶獣の身体が帝国戦艦の上に姿を現した。

オルキスが右腕を高く振り上げ――

グランサイファー目がけて振り下ろした。

※

甲板を叩く光の衝撃にグランサイファーが揺れる。

「うおおお！」

操舵室にいた全員が慌てて手近なものに掴まった。ミスラの攻撃だった。

「騎空艇のなかは治外法権だ。私たちが帝国戦艦に乗り込んだときも本当は法的根拠を問われ、突っぱねられたならそれで終わりだった」

カタリナが言った。あのときは、はったりで乗り切ったわけか。

「つまり、ここはガロンゾではないから攻撃の対象にできるわけだ。あの宰相《さいしょう》はルリアを手に入れることを諦めていないようだぞ」

この攻撃はメッセージだ。

ルリアを引き渡せと言っている。

「上等じゃねえか。すぐに上に行ってお仕置きしてやるよ」

ラカムの言葉にノアが微笑む。

「そう……グランサイファーは、僕の知るあの頃と同じように……ふたたび空へと導いてくれる。君という存在を待っているんだ。さあ、行こうか」

「ああ」

ラカムが頷いた。

「イオ！　もういちど動力炉を叩き起こせ！」

「やってるわよ！」

機関士席に着いたイオが操作卓の上に両手を躍らせている。

すぐに低い駆動音が床を伝わってきた。

「整備を始める前だったのが幸いしたようだな……」

カタリナがいつものように少し高い副艇長席に着いた。

その隣の席にルリアが座る。

「契約を司る星晶獣かよ……ったく、毎回とんでもないやつが出てきやがる……」

オイゲンがぶつぶつ言いながら少し後方の席に着いた。グランサイファーには武装がないから、ミスラと戦うときには誰かが甲板に出て直接対峙《たいじ》するしかない。オイゲンの愛銃ドライゼンは長距離の砲撃ができた。それが判っているから、出入り口に近い場所にいつも陣取るのだろう。

ドン！

ふたたび衝撃がきた！

攻撃の間隔が短くなってる⁉

「座ってねえと舌ぁ嚙《か》むぜ！」

「燃焼率チェックオーケー。動力炉の圧力正常……。うん、いい調子。これなら……」

「よし、いっちょ掛け声を頼むぜ、グラン」

操舵士《そうだし》席で舵輪《だりん》を握っていたラカムが振り返った。いつものようにルリアの隣に座ろうとしていた僕は驚いて顔をあげる。

「えっ……⁉」

なぜ、僕が——？

びっくりしたのは、そのとき全員が僕のことを見ていたことだ。

「ちょっと前から思ってたんだけどよ。そろそろ、そっちの席に座らねえか？」

　そう言ってラカムが指さしたのは――。

「せ、艇長席《せんちょうせき》って、ええ!?　だって、僕は……」

「なあ、ノア」

　ラカムがノアのほうを向く。

「俺は実のところ、いちど挫折《ざせつ》しかかった。恥ずかしい話だけどよ。お前の言うとおりだったんだ。ポート・ブリーズで初めてこの艇を飛ばしたとき、こいつぁ駄々をこねて落ちちまったんだ」

「……そんなことがあったんだね」

「ああ。恥ずかしい話さ。俺はこの艇に裏切られたと思った。離れられなかったくせに、もう一度飛ばすことを諦めていた。お前さんとの約束も放り出して、だ」

　ラカムは舵輪を叩きながら言う。

「こいつは俺を待っててくれたってのにな。そいつに気づかせてくれたのは、グラン、お前だ。憶えてるか、あのとき――」

『嵐《あらし》のなかを嵐に負けずに飛べるだけの艇が必要なんです。嵐のなかを飛べる凄腕《すごうで》の操舵士込みで。僕は、そんな艇と操舵士に心当たりがあるんです』

「そう言って、俺とこの艇を信じてくれたろ」

「ぼ、僕はそんな……」

「さっきだってそうだ。俺なら思い出せるって信じてくれた。この艇で一緒に戦ってきたって言ってな。この艇を好きだと言ってくれた。俺は操舵士だ。艇の行き先を決めるのは俺の役目じゃねえ。で、この艇の行き先を知ってるのは誰だ？」

ラカムはにやりと唇をあげる。

「空の果て、星の島に行きたいって言ってるのはよ？」

「グランです！」

なぜかルリアが答えていた。

「私も覚えています。あのときのこと……」

「艇が飛ぶには『意思』が必要なんだ。『動機』って言ってもいい。艇の本当の動力はそいつなのさ。ポート・ブリーズから動こうとしなかったこいつを叩き起こしてここまでやってきたのはお前の意思があったからだ。だから、お前がその席に座るべきだと俺は思うぜ。なあ、団長」

「だ……」

「いいんじゃねえか？」

オイゲンが言った。

「あたしも賛成。ラカムより安心できるし」

ラカムに睨まれつつイオが言った。

「そうだな……私もそう思っていた。私にはラカムの言う意思がないんだ。残念ながらな。ルリアを護《まも》ることしか考えていない私には団長は不向きだ」

「団長かぁ！　いよいよ、本格的に騎空団らしくなってきたじゃねえか！　グラン！」

ビィが翼を打ち振りながら言った。嬉しそうだ。

僕は黙ったまま周りより少し高くなっている艇長席を見つめた。カタリナが決して座ろうとしなかった席だ。いつから彼女は考えていたんだろう。

もしかしたら——初めから？

窓の外に閃光《せんこう》が走る。三度、衝撃がグランサイファーを揺らした。もう時間がない。迷うのも、考えるのも後だ。いま必要なのは決断だった。

「行きましょう、グラン！　あの子を、契約の星晶獣ミスラを止めるために！」

僕は頷いた。

艇長席へと座り、周りを見回した——ふと、ロゼッタがいないことに気づく。確かグランサイファーの修理を見守るという理由で艇に先に戻っていたはずだが……。船大工たちと打ち合わせでもしているんだろうか。

だが、考えるのは後だった。

「判りました。とりあえず——やってみます」

息を吸う。

団長としての、この艇の艇長としての最初の仕事だ。

「グランサイファー、発進！」

「オーケーだ、団長！」

駆動音がひと際高くなり、ぐっと身体が席《シート》に沈む。

ゆっくりと外の景色が下に落ちてゆく。艇が空へと舞い上がってゆく。暮れようとしている空の中天の、青い、まだ青い空のなかへ。

青き竜の翼が広がった。

「なあ、ノア……俺はグランサイファーを信じるぞ！」

「それがいい。それでこそ、僕もグランサイファーも報われるというものさ」

「ああ。ノア、今ここで約束を果たすぜ。お前を乗せてこいつで空を飛ぶっていう約束をな！　いっくぜえ、グランサイファァァァ！　帝国の連中にお灸《きゅう》をすえてやらあ！」

次の一瞬には。

グランサイファーは青い空のなかにいた。

6

「彼は実に楽しそうに舵輪を回すね……」

ノアが言った。

「席についてねえと、もっと揺れるぜー？」

「……ピィくんだったかな？」

「鳴いてねえっての！　オイラはビィだ！」

「ああ、ごめんよ。しかし、彼がまさかグランと一緒に現れるとはね」

「ん？　まさかノアはグランのことも知ってたのかよ？」

「彼自身と会うのは初めてかな……。けれど、彼のお父さんと、少し縁があってね」

「ええ⁉　親父《おやじ》さんを知ってるってのか⁉　いったいどういう関係で……」

ビィの問いにノアは首を横に振った。

「残念だけど、まだ僕がそれを話す時ではないみたいなんだ。その時になればきっと僕の口から……いや、もっとたくさんの人から『あのひと』の話を聞くことになると思うよ」

「おいおいおい、なんだよそれ！　って、どこに行くんだよ、あぶねーぞ！」

「この部屋では僕の役目はないからね。少し……風を感じてくるよ。心配しなくてもだいじょうぶ。言ったろう、僕はこれでも星晶獣だからね……」

そう言ってノアは操舵室の後方の扉から出て行った。

僕は、ノアとビィとのやりとりに気づくこともなく、目の前で起こる出来事への対処でいっぱいで、その話をビィから聞いたのはかなり後になってからだった。

「ふふ……いい風だ。待ち続けた甲斐《かい》があったというものだね」

風になびく髪を片手で押さえながら、ノアはまるで乗り慣れた艇であるかのように下層の甲板を歩いていた。

※

相変わらずミスラからの攻撃は続いていたが、停泊しているときならばいざ知らず、飛んでいる艇にはなかなか命中しないようだ。そのぶん、流れたミスラの攻撃を受ける下の騎空艇港は酷《ひど》いことになっているが……。

「やれやれ、帝国の横暴ここに極まれり、かな……」

ノアは荷箱の積み重なった甲板の隅までくると足を止めた。

箱の向こうへと声をかける。

「いい加減、隠れるのはやめたらどうだい？　ロゼッタ」

声に応じるように陰から女性がひとり立ち上がる。

「バレてるわけね。相変わらず勘の良いことで」

「これでも艇造りの星晶獣だからね。騎空艇に乗ればすぐ、どこに誰がいるかくらいは把握できるさ。君が、森のなかならばどこに誰がいても判ってしまうようにね」

「……ふぅん、それで？」

「それで、とは？」

「あなたの目にはどう映ったのかしら？」

互いに見つめ合うふたりの間には彼らだけに通じるものがあるようだった。

「目かな……目が『あのひと』と、とてもよく似ている」

「そうね。同じところを見てるから、なのかしらね」

「ふふ……どうかな？　僕はそれ以上の……運命のようなものを感じるよ」

ノアの言葉にロゼッタはため息を吐き出すかのようにつぶやく。

「相変わらず好きねぇ、そういうの」

「君だって変わらないと思うよ。ずっと昔からね……」

ロゼッタは顔をしかめた。

「アタシ、こういう腹の探り合い嫌いなのよ」

ロゼッタの言葉に、ノアは面白い冗談を聞いたとばかりの笑みを浮かべる。

「君がそれを言うかい？　『案内人』さん……」

「アタシが『案内人』なら、あなたは何かしらね」

「そうだな……。『港』かな……騎空艇には翼を休める場所が必要だからね」

「どうせ、すぐに出てっちゃうわ」

「それでいいんだ。騎空艇は飛ぶためにある。飛ばない騎空艇は朽ちるだけだよ……」

ノアの言葉にロゼッタは肩をすくめた。

「そうね……。アタシたちは、そのためにせいぜい道を切《き》り拓《ひら》いておいてあげなくちゃね……彼らがより遠くまで行けるように」

ロゼッタのつぶやきを風がさらっていった。

7

帝国戦艦の上に浮かぶミスラと相対する位置まで飛んだグランサイファーだが、そこから先の手が打てないでいた。

武装のないグランサイファーには相手の攻撃を躱《かわ》すことしかできない。

「直《じか》に叩くっきゃねーってことだな！」

オイゲンが言って席を立った。

真っ先に後方の扉から出て行って、下層の甲板へと降りた。

すぐに、小さな大砲のごとき威力をもつ愛銃ドライゼンでの砲撃が始まる。

「あたしたちも行ったほうが――」

「待って！」

イオを止める。

グランサイファーは操舵室からの操縦もできるが甲板上からも簡易操作できた。

だからいざとなれば全員で甲板に降りて攻撃に参加できる。

さらに、ある程度までなら操舵士が操縦せずとも飛ばすことができる。そうでなければ、これだけ大きな中型艇を、かつてラカムがひとりで飛ばせたはずがないのだ。

だが——。

繊細な操縦が必要な場合は別である。

「あいつら、こっちの攻撃に自分たちから当たりに来てるように見えるぜ！」

操舵室の窓から戦闘を見つめていたビィが驚いた声で言った。

それに僕も気づいていたんだ。

帝国戦艦から飛び立った小型艇が射線に割り込んできて、オイゲンの砲撃にその身を晒《さら》している。

そのためにオイゲンの放った弾《たま》は先ほどから一発もミスラには当たっていない。

代わりに小型艇が被害を受けている。

ふらついて、戦艦に帰艦するものもでてきている。

「たぶん……ミスラの契約の力を利用しているんだろう。あの軍人たちは、『ミスラを守れ』、という約束を——おそらくは説明されぬまま——させられ、それに縛られているんだ。それならば、ガロンゾに被害を与える行為ではないから履行《りこう》可能だ」

カタリナが冷静に分析してみせる。

だが、それは命がけの行為のはずだ。小型艇のなかには半壊寸前になって黒煙をあげながら帰艦しているものもあるのだ。

操舵室のなかが静まり返った。

「そこまで……強制力があるのか……」

ぞっとした。

「どうする、グラン？　このままではジリ貧だぞ。こちらの攻撃は当たらず、ミスラの攻撃は粗いが、いずれは当たる。さらにグランサイファーはそろそろ飛ぶのが限界の状態だったはずだ。力尽きれば、途中で空の底まで落ちる」

短期決戦でやる必要があるのだった。

僕の頭が沸騰《ふっとう》するかと思うくらい熱くなる。必死で考えた。

「……ラカム」

「おう」

「僕たちは甲板に降ります。でも、オイゲンの銃と違って、僕たちの剣技ではぎりぎりまで近づかないと当たらない。相手の操艇を読み切って近づくことは可能ですか？」

ラカムはぽかんと口を開けて、それから真一文字に唇を引き結んだ。

「あの、うじゃうじゃ湧《わ》いてるちっこい艇にぶつからずに近づけってか？」

「……はい」

無茶を言っていることは百も承知だ。

ラカムが唸《うな》った。

ぶつぶつと独り言を言いながらなにやら考えている。

「想定外《イレギュラー》の事態が起きちゃ無理だな……それに、あれだけちっこいと小回りが利くから旋回半径も小さく見積もる必要がある……」

　僕は黙ったままラカムを見つめていた。

　はあと吐息を吐いてからラカムが顔をあげる。

「オーケー、団長。やってやるよ。イオ、お前は残ってくれ。ちっと無茶する」

「あのねー。ったく……無茶じゃない操縦したことあったかしら……」

　言いながらもイオはいったんは浮かした腰を席に下ろした。

　凄腕の操舵士とバルツ仕込みの機関士の本気の操縦、ってことか。

「ねえ、カタリナ。カタリナはこーゆーのってどう思う？」

「どう、とは？」

「あたし、もうちょっと心穏やかな日々を送りたかったんだけど……」

　イオが十一歳とは思えないなんだかおとなっぽい繰り言を言っていた。肩を竦《すく》める仕草だけはルリアよりもおとなびていたかもしれない。

「ふふ……残念ながら、それは無理だな」

「え？」

「諦めたほうがいい。私はすでに諦めたぞ。私たちがこの艇に乗り合わせたのには意味がある。昔から言うだろう？」

　カタリナが片目を瞑《つむ》りながら言った。

「類は友を呼ぶ、となっ！」

「なっ！」

「ふふ。というわけでお手を煩わせるが後はよろしくだ。頼んだぞ、イオ」

カタリナは鮮やかな笑顔を見せると、栗色《くりいろ》の髪を翻して操舵室の扉を開けた。

「ラカム、想定外は禁止、だな？」

「ああ」

「では、射線の方向は一致させる。タイミングはそうだな……」

言いながら、カタリナはつま先で床を叩いた。

コン、コン、コン、と。

「これでいいか」

「ああ」

「判った」

言いながら一足先に操舵室を出る。

僕も慌てて後を追った。ルリアとビィも遅れずに付いてくる。

操舵室を出る前に一度だけ振り返る。

「もう！」

髪を掻《か》きむしりながらイオが操作卓に向き直った。

「やればいいんでしょ！　やってやるんだから！」

扉を閉めた。

上層から落とした縄梯子《なわばしご》を伝って甲板へ。

「オイゲン！」

カタリナが甲板で片膝立ちをして砲撃を繰り返していたオイゲンに近寄る。

先ほどのラカムとの会話を繰り返した。

オイゲンは黙って頷く。

「あの……カタリナさん」

どういう意図があった会話なのか、僕にはいまいちピンときていない。

「ああ、済まない。団長への説明が最後になってしまったな。グラン、君にはやって欲しいことがあるんだ」

「やって……欲しいことですか？」

「ああ。あいつの属性を見極めてくれ」

ミスラを睨みつけながら言った。

8

この空の森羅万象は、土水火風光闇の六つの元素が集まってできている。

だが、元素の集まりが完璧《かんぺき》に釣り合うことはなく、あらゆるものに属性の偏りが見られることは広く知られていた。

そして、これら六つの属性には「相剋《そうこく》」と呼ばれる現象がある。

簡単に言ってしまうと、有利不利があるのだ。

「グラン、君は私の見たところ、ふつうの騎空士のように武器を選ぶ必要がない」

「え……？」

「私の《ルカ・ルサ》は水の元素の属性に偏った細剣《レイピア》で、私はずっとこの剣で修業を続けてきたし、私自身も水の属性の力を操ることが得意だと自覚している。あと、ひとつふたつ、使いこなせはするがな。どうしても得手不得手はある」

カタリナは腰に差した剣を抜きながら言った。

「オレぁ、こいつだな」

オイゲンが土の属性に偏った愛銃を掲げてみせた。

「だが、グラン。君は今までに三つの武器を使いこなしてみせた。それを生かす攻撃をすべきだ。ルリアと一緒に、あいつの属性を見極めるんだ。おそらく近寄れたとしても一瞬だ。攻撃を通せるのも一回だろう。君なら、相剋を生かして攻撃できる」

そういうことか。

「判りました」

「グラン！」

ルリアの差し出した手を握った。僕とルリアの魂は繋《つな》がっているのだ。そしてルリアには星晶獣の存在を感知し従える力がある。

グランサイファーが高度を上げた。

できるかぎりの高速移動を行うため、翼をやや畳みこむ。

「始まるな……」

「おう！」

グランサイファーが吼《ほ》えた。

機関部からあがる駆動音が甲高《かんだか》いものへと変わった。

「狙《ねら》いは、あの緑色の目玉みてぇなところでいいか、姐《ねえ》さん」

「それでいこう」

「よっし……いくぜッ！　ソイヤァ！」

片膝立ちの姿勢から号砲一発。ドライゼンの筒先から煙を吐きながら弾丸が飛び出した。まっすぐに空を飛び、ミスラの目玉にも見える緑色の子どもの頭ほどもある貴石を狙った。

だが、例によって右側にいた小型艇が割り込んでくる。小型艇の風防窓に当たって弾丸の軌道が逸《そ》れた。

「効いてない⁉」

さっきまではもっと威力があったような。

「落としちゃ、駒《こま》の動きが変わっちまうだろ！　そら、もう一発だ！」

今度は左から割り込んできた。同じように弾が弾《はじ》かれた。

続いてカタリナがルカ・ルサを振るう。

《凍てつく鉤爪《アイシクルネイル》》だ。

カタリナの奥義がオイゲンの弾丸と同じような軌跡を描いてミスラへと迫った。

続けざまの三連発。

そして、カタリナが奥義を放っているうちにオイゲンは弾丸を装填《そうてん》しなおしている。

またも続けざまの二発、カタリナの奥義。

だがその全てが割り込んでくる小型艇によって防がれていた。

カタリナの踵《かかと》が甲板を叩いている。タン、タン、タンと。先ほどラカムと話していたときと同じリズムで。そのタンのタイミングで、オイゲンとカタリナは攻撃していた。

まさか――。

僕はミスラを、いや、ミスラの周りを飛び交う小型艇を視野のなかに収める。

初めに左からやってきた小型艇はそのまま右下へと逃げている。右からの小型艇は上昇して、もういちど射線に入ってこようとしていた。

だが、小型艇が動くごとにグランサイファーもまた動いている。

右下へと逃げた艇はもうグランサイファーを邪魔できない。すでに左上へと僕らは位置を取り直しているから。上昇した小型艇も新しい飛行経路を確保できていなかった。

そこには自軍の別の小型艇がいる。

まるで盤上遊戯《チェス》の詰め問題《プロブレム》だ。

信じられない。目の前に飛び交う七、いや八機か。その小型艇の動こうとする飛行経路をぜんぶ読み切っているっていうのか！

「これが……凄腕の操舵士の技……」

そして、一手毎《ごと》にグランサイファーは帝国戦艦の上に浮かぶミスラに近づいていた。

「グラン！」

ルリアの声に我に返る。

彼女は目を閉じて意識を集中していた。

彼女の感じた全てが繋いだ手を通して僕にも伝わってくる。ミスラの身体から漏れ出る属性の輝きが閉じた目を通して視《み》えてくる……。

風……だ。風の元素の偏りを感じる。

風を剋《こく》するのは火。

僕は目を開いた。

火の属性に偏った武器は……あれだ。僕がザンクティンゼルから出て初めて使った長剣が火の属性剣だった——あれは、どこだ？

「これ、必要かしら？」

背後から聞こえた声に振り返る。

ロゼッタが長いひとふりの剣——僕の旅立ちの剣を持って立っていた。

「どうして……」

「それを話している時間はなさそうよ」

はっとなって僕は顔を戻した。

ミスラが、もう目の前に！

「行け、グラン！」

カタリナが叫んだ。

僕はロゼッタから受けとった剣を振りかぶる。

《大嵐の剣《テンペスト・ブレード》》！

僕の握る剣は大空高く炎を噴き上げ、元の刃《やいば》の何十倍もの長さの炎の斬撃《ざんげき》となってミスラの身体を薙《な》ぎ払《はら》った。

ギギガガガガガガァ！

壊れた歯車のような音を立て、ミスラの身体の周りを回っていた巨大な歯車が砕けた。そのまま大きな瞳のような貴石を砕き、小さな歯車を蹴散らす。

やったか！

グランサイファーが急旋回する。衝突しそうなぎりぎりの位置取りでミスラをよけて回頭した。

左に流れていくミスラの身体を見つめていた僕たちの目が驚愕《きようがく》に見開かれた。

ガァァァァァァ！　ヲヲヲヲヲヲヲヲヲヲ！　ヲヲヲンンンンン！


「ばかな！」

「アイツ、元通りになっちまったぜ！　どーなってんだぁ！」

ミスラの緑の瞳が光った。

一瞬の間をおいて、グランサイファーの後部で爆発が起こる。

「しまった！　機関部を——」

カタリナが悲鳴のような叫びをあげた。

見ればグランサイファーの後部から黒煙があがっていた。

ぐらり、と甲板が傾く。

「きゃ……っ！」

「ルリア！」

足を取られてよろけるルリアをとっさに抱き留める。だが、グランサイファーがその瞬間にさらに傾いた。

僕たちは甲板の上を転がった。とっさに彼女の頭を抱え込むのが精一杯だった。

ガツン、と頭に衝撃を受ける。

「うぐっ！」

転がった末に、荷箱か何かにぶつけたのだと判ったが、そのときにはもう僕は意識を手放してしまっていた。

9

闇のなかで声が聞こえた。

「不安かい……」

若い男の声だ。

芝居の幕があがるように、ゆっくりと知らない部屋のようすが見えてくる。

白い石の床の上に並んだ机にはびっしりとガラスの器や管が並べられていて、アウギュステの海で見た帝国の実験室のようだと思った。

その部屋の奥に――ひと一人が入れそうな大きなガラス瓶と白衣を着たひとりの青年が立っていた。

ガラス瓶の中央にはぼうっと光る球体が浮いている。

儚《はかな》げな緑色の光で、弱々しく、今にも消えてしまいそうに見えた。

コワイ……。

淡い光の塊からそんな思念を感じる。

「怖い、か。キミは誰にも負けない素晴らしい力をもっているのだけどね。星の世界にだって君ほどの力をもったものは稀《まれ》だというのに。『契約の力』。事象そのものに働きかける力だ。僕らが作り出したもののなかでも、ここまでの力を有した存在は数少ないんだよ、ミスラ……」

青年が光の塊に語りかけた。

ミスラ、だって⁉

この光の塊がミスラだっていうのか。

まさか、この実験室は星の民《ほしたみ》の――。

コワイ……コワイコワイ……ココハ……ダレモイナイ。コワイヨ……。

「ふう。仕方ないな。それにしてもひとりだと怖い、か。ねえ、ミスラ。僕たちは永劫《えいごう》の時を生きる存在だ。歳《とし》をとることもなく、したがって朽ちることもなく……、だから伴侶《はんりょ》も子も必要としない。ゆえに孤独だ。それが当たり前で、ひとりだから怖いなんて感じたこともなかった。でも最近になって時々思うんだ。僕らはこんなにも素晴らしい力をもっているのに何故《なぜ》彼らに負けそうになっているのか、と」

そこで青年はすこしだけ口を閉じた。

「もしかしたら、僕らは孤独であるがゆえに勝てないのではないか、と。孤独でも耐えられてしまうがゆえに弱いのではないかってね。そう思うことがある。彼らもキミと同じように孤独を怖がっている。だから集まる。そして、ひとりひとりは弱い存在なのに、集まっていると思いもよらない力を見せる。フレイメル島の反乱で見せたようにね」

コワイコワイコワイコワイコワイコワイコワイ……。

「判った判った。任せてくれ。君に頑丈《がんじょう》な鎧《よろい》を与えてあげよう。その柔らかな身体を包みこみ、ひとりでも安心を与える鉄壁の身体を」

青年の言葉に、ミスラの思念に変化が現れる。

繰り返していた怯《おび》えの思念が止まる。

「それだけじゃない。君は君自身の力を使って自分を守ることができるんだ。そう、契約の星晶獣ミスラよ……僕は君に約束しよう」

「君は永遠に壊れない」

つぶやきに応えるように、ミスラの輝きが不安げな明滅から明るい緑色に変化した。

これが――ミスラが蘇《よみがえ》った理由か！

意識が部屋から遠ざかる。彼方《かなた》から僕を呼ぶ声が聞こえてくる。あれは……ルリアの声だ。彼女が呼んでいる。

それが、僕が垣間見《かいまみ》た星晶獣ミスラの誕生の瞬間だった。

10

「だいじょうぶですか、グラン！」

僕の顔を覗き込んでいるルリアに僕は微笑み返した。だいじょうぶ。ただ——。

「あれは……夢、じゃないよね……」

「はい。私を通して流れ込んだんだと思います」

僕たちは自分たちが見たミスラの過去を話した。

「なんてこったよ。それじゃあ、あいつは不滅ってことじゃねぇか」

オイゲンが呻《うめ》いた。

事象を捻《ね》じ曲げる契約の力を利用して何度壊しても蘇るとするならば、確かに不死身に思える——だが。

この世界に永遠なものなんてない。

「なにか……策を思いついたのね？」

ロゼッタが微笑んだ。

「はい。ただ、そのためには、もう一度あいつに近づく必要があります」

握る手を通して、僕の思いついたアイデアはもうルリアにも伝わっているだろう。

その作戦を成功させるためにはルリアの力が必要だった。

ただ、ルリアの星の力は星晶獣との距離が離れすぎていると発揮されない。

「もう一度、か」

「しんどいことを言いやがるぜ」

ため息をつきながらオイゲンが言った。

「だが――やるしかないだろうな。ただし、あと一度だけだ。それ以上はおそらくグランサイファーがもたない」

後部甲板からあがる黒煙を睨みつけながらカタリナが言った。

たしかに先ほどよりもグランサイファーの艇体がふらついているような気がした。

この状態で、さっきの曲芸飛行が再現できるんだろうか。

「タイミングは……伝わるか？」

「撃ち始めりゃ判るさ、あいつならな」

「だいじょうぶ。もう伝えたわ」

ロゼッタが言った。

それは作戦をラカムに伝えたということだろうか？　けど、どうやって？

「向こうには彼が行ってるし。さあ、始めましょう。今度はアタシも手伝ってあげる」

森の魔女ロゼッタはそう言って妖《あや》しく微笑んだ。

オイゲンがふたたび片膝立ちになって銃を構える。カタリナが《ルカ・ルサ》の柄《つか》を握りしめた。

空を舞台にしたゲームが再開された。

互いの手を予想しあい、読みあうゲームだ。

帝国側はミスラに近づけなければ勝ち。僕たちは彼らの小型艇を躲して、ミスラをルリアの力が及ぶ範囲まで追い詰めるのが勝利条件だった。

小型艇の数は幸いにも四機に減っていたが——相手も今度は警戒している。

大砲のような銃の砲声とカタリナの裂ぱくの気合が空いっぱいに轟《とどろ》く。

じりじりと僕らはミスラに近づいていった。

ルリアが目を閉じる。

祈りを捧《ささ》げるように膝を折った。

繋いでいる手を通してミスラの気配が少しずつ強くなってくる。

もう少し……もう少しだ。あと、ほんのもうちょっと……。

最後の一機を躲してグランサイファーの視界が開けた。目の前、手を伸ばせば届きそうな位置にミスラの身体が忽然《こつぜん》と現れる。

「聞こえているか、ミスラ!」

僕はルリアの手を繋いだままミスラに向かって語りかける。

かつて誕生の瞬間に立ち会った、あの星の民の青年のように。

鋼の身体の中心にいる、孤独な星晶獣のおびえた気配が伝わってきた。でも――僕は眼下の騎空艇港の惨状《さんじょう》を覚えている。宰相に操られているからといって、このままにしておくわけにはいかない。僕らがいなくなれば済む、という問題じゃなかった。

「おまえに約束しよう」

僕は契約の星晶獣に向かって言い放った。

これで――。


「僕は絶対におまえを破壊する！」

――詰《チェックメイト》み、だ！

僕の契約の宣言はルリアの力に乗せて星晶獣へと流れ込んでいった。

ギギギギ……ギリギリギリ！

壊れかけた機械があげるようなミスラから発せられる音が空に響き渡る。

剣を握りなおした。

《大嵐の剣》！

渦巻く紅蓮《ぐれん》の炎をまとった剣を、ふたたびミスラの身体へと叩き込む。

歯車が飛び散り、緑の宝玉が砕け、ぐるぐると回っていた歯車だらけの身体が、油を差し忘れた機械のように不快な音を立てて動きを止めた。

ギャギャガガギャ――――――――ンンンン！

ぼろぼろと涙のように小さな歯車がちぎれ飛び、空の下へとばらばらと落下してゆく。

「ミスラが……消える……」

カタリナの声が聞こえる。

「あの子は還るんです。元いた場所へ」

ルリアが言った。

薄れてゆく身体はすぐに視界から消え失《う》せ、あとには空しか残らない。

「けどよォ……どうして今回は再生しなかったんだ……」

オイゲンが首を傾げていた。

「僕と契約したからです。ルリアの力を使って無理矢理に、ですが。永遠に壊れないという約束と、絶対に破壊するという矛盾した約束に縛られて、ミスラはどちらも叶《かな》えようとしました」

「二律背反《にりつはいはん》というわけか……」

「はい。その結果、再生は追いつかずに僕の剣で傷ついたミスラは還るしかなかったんです……」

「少し、かわいそうだったけど……」

そう言うルリアの手のなかには小さな宝石が輝いている。

「《空図《くうず》の欠片》か」

「はい。これを置いて……もしかしたら、オルキスちゃんが、そうしてくれたのかもしれません」

帝国戦艦が空の彼方へと去ってゆく。

契約に縛られた彼らは、星晶獣の助けを失った以上、ガロンゾ島に留まるだけ不利と悟ったのだろう。

だが、後を追うにはグランサイファーは傷つきすぎていた。

「おうい、戻ってこいや！　さっさと降りねえと、このまま空の下だぞ！」

縄梯子に片足をかけた状態でラカムが怒鳴りつけてくる。

「あのバカ、操縦を放っておいてどうするつもりだ！」

「まあまあ。後は港に降りるだけだもの。彼なら眠っていてもできるわ」

ロゼッタに言われても、カタリナは「そうやって甘やかすから」と手厳しい。

「オルキスちゃん……一人でしたね。黒騎士さんはどうしたんでしょう？」

「だいじょうぶさ。あいつはそう簡単にくたばっちまったりしねえからよ」

オイゲンがそう言ってルリアの頭を撫でる。

ルリアがようやくかすかな笑みを浮かべた。

「そう……そうですよね。黒騎士さん、強いですもんね！」

「ああ。あいつは強い。強すぎるんだな……だから、弱いんだ」

オイゲンの言葉はそのときの僕には理解できなかった。前から思っていたけれど、オイゲンは黒騎士のことを知っているような気がする。それも、ふつうの知り合いじゃない。もっと深い知り合いだ。

けれど、オイゲンの表情には問いかけることを躊躇《ためら》わせるものがあったのだ。

「だが、帝国に何かあったことは間違いない。それがオルキスにとって辛《つら》いものになっていなければいいが……」

「オルキスちゃん……」

ルリアが心配そうにつぶやく。

「とにかく、操舵室に戻りましょう。グランサイファーを直さないと」

「そうだな。団長！」

わざとだろうか、明るい声でカタリナが言った。

「そ、その団長はあの……」

「いやいや。これから、この騎空団の団長は君だぞ、グラン。早く慣れてもらわなければな！」

「からかわないでください……」

僕にはまだまだそんな重責は負えない気がするんだけど……。

青かった空はすっかり藍色に染まっていた。

ガロンゾに夜がやってきたのだ。

振り返ってみれば、まだガロンゾに来て一日しか経《た》っていないことに気づく。

信じられない。

その間に起こった出来事の数々で僕たちはもう何日もこの島にいたような気分になっている。

「もう、夜なんですね……」

東の空を見つめてルリアが言った。

「うん。でもさ――」

繋いだルリアの手を引きながら、僕たちふたりは今や自分たちの家のように感じている操舵室へと向かった。

かつてのノアの言葉がグランの耳にも聞こえてくる。

『夜のあとにはまた朝が来るんだ。この艇は昇る朝日に向かって飛んでいるんだよ』

僕たちの艇はいつだって明日に向かって飛んでいる。

エピローグ

「完璧に直してみせるさ」

「へっ……これ以上の頼もしい船大工もいねぇよな！」

船渠のなかでラカムがノアに言った。

ノアの傍らには船大工の棟梁《とうりょう》もいる。彼らは全力でグランサイファーを直してみせると誓ってくれた。

ファータ・グランデ一の船大工たちと艇造りの星晶獣が共同して取り組んでくれるというのだ。これほどありがたい申し出もないだろう。

僕たちはグランサイファーを船渠へと運びこむと、後々のために修理を見ておきたいというラカムを残し、宿屋兼酒場である『青ざめたあひる亭』へと向かうことにした。

桟橋を離れようとしたときだ。背後から声がかかった。

「失礼……こちらの騎空団の団長の……グランさんで間違いありませんか？」

「えっ？」

どきり、と心臓が跳《は》ねる。

いやいや待て、何かおかしい。確かに僕は団長になれと言われたけれど、それはついさっきのことだ。どこでも名乗っていない。

「オイラたちに何か用か？　姉ちゃんたち」

「姉ちゃん、たち？」

振り返って驚いた。

お揃いの青い軍服に身を固めた背の高い少女と背の低い少女が立っていた。

い、いつの間に近づいたんだ！

栗色の髪に青い瞳の、背の高いほうの少女が言う。

「私たちは七曜《しちよう》の騎士が一人、《碧《あお》の騎士》率いる《秩序の騎空団》の者ですが……」

秩序の騎空団――？

彼女の背後には、長い金髪を頭の両側でまとめて垂らした、こちらは対照的にとても背の低い少女が、偉そうに手を腰に当てて立っていた。話は任せたとばかりに、くいと顎をしゃくって続きを促す。

「このたび、エルステ帝国からの要請で、元エルステ帝国最高顧問、黒騎士アポロニアを捕縛致しました。つきましては、その事情聴取にご協力願いたいのです」

「く、黒騎士が捕まった……だとォ？」

オイゲンが驚きに目を瞠った。

「ええ……これから《アマルティア島》の拠点で、事情聴取が行われます。お手数ですが……ご同行いただけますか？」

背の高い少女は有無を言わせぬ口調で言ったのだった。

番外編 魔法の弾丸

1

自分の小心さに腹が立つ——とクムユは常々思ってきた。

ビビり、と言ってもいい。

度胸が足りない。大胆さが足りない。些細《ささい》なことでも大げさに捉《とら》えてしまう。

隣から聞こえたくしゃみの音に、まるで雷鳴が轟《とどろ》いたかの如《ごと》く反応してしまう。

今だってそうだった。

火薬の調合は完璧《かんぺき》だった、はずだ。

三回、計って確かめた。でも、もう一度と思って席を立ったときにネズミが足下を走り抜けた。

「ぴゃあああ！」

思わず悲鳴が口をついて出る。

靴がすべってお尻からひっくり返った。

ついでに手も滑らせたが、もちろん火薬の危険性は承知していたから、手にした調合薬を放《ほう》り出して万が一のことなど起きないように頑張った。具体的に言うと、手のなかで試験管をお手玉させても断じて落としたりなぞしなかった。

どっかん！

「なんでー!?」

「こらぁ！　クム坊ー！　またかー！」

火薬班のチーフの声にクムユの頬《ほお》を汗が伝う。

「ち、ちがう……」

断じて自分ではない。だって、お薬はちゃんと手のなかにあるし、ああでも、爆発したのはさっきまで自分が座っていた作業机の上の棚で、粉々になっているのは調合していた薬品の瓶なのは何故《なぜ》だろう。なにがどうしてこうなった！　いや、これはやっぱり自分のせいなのか？

「コンチキショー！　なんでですかー！」

悪態をついても益はない。

チーフにはたっぷり叱《しか》られ、父親には心配された後に、クムユは火薬の調合室を放り出された。

2

「まあまあ、そんなに落ち込まないの。クムユはまだ十一歳なんだから」

「でも、クムユはククル姉ちゃんみてーにどきょーが欲しいです。このビビりを今すぐ直してーですよ」

言いながら、クムユは受付机《カウンター》の向こうの姉を見つめた。姉のククルは調整が仕上がったばかりの銃を磨きながら言う。

「アタシは、クムユよりも五つも年上だもんさ。そりゃ、多少はじんせー経験ってものがあるんだよ。クムユだって、あと五年もすれば――」

「ビビり……治りやがりますかね」

「――っ」

「治らねーですか……」

「あ、いや、違う違う。今のは間違いだってば……だいじょうぶだいじょうぶ」

「ぐす……」

涙の粒が目の端に浮いてしまうが、ここで泣くのはみっともない。

それにあんまり泣くと優しいお姉ちゃんが困ってしまう。困らせたくない。

クムユは姉が大好きだ。

それはもうたぶん出会ったときから大好きなのである。

クムユは拾われっ子だ。

拾われたのは寒い日のことだったという。自分ではさすがに覚えていないのだけど、物心ついたときにはもう、家族はクムユにとって「大好き」の対象だった。

姉を見る。彼女にはクムユの頭にあるような角はない。

家族のなかで頭に角があるのはクムユだけだった。

クムユはドラフ族であり、両親と姉はヒューマン族だ。種族が違う。この歳《とし》になれば
さすがにそれだけでも自分が拾われっ子であることは判《わか》る。それでも父も母も、姉のク
クルと分け隔てなく自分に優しくしてくれた。

「あ、シルヴァ姉《ねえ》来たかな？」

ククルが言うのと同時だった。銃砲店の扉につけられた鈴がちりんと鳴り、扉がかす
かなきしむ音とともに開かれる。

「やあ」

「シルヴァ姉ちゃん！」

クムユはびっくりしてしまった。すごい。なんで来たのが判ったんだろう。

「そんなに驚くことじゃないよ、クムユ。だって、シルヴァ姉の歩き方の癖くらいは覚
えてるしさ。足音で判るよ」

「それでもすげーです！」

「ふふ……楽しそうだ。何の話だ？」

そう言いながら、シルヴァ姉ちゃんは受付机の前にある椅子《いす》へと座る。

シルヴァ姉ちゃんはお姉ちゃんのお姉ちゃんだ。銃使いで、うちの店のお得意さんな
のだけど、ずっと前から通っていてくれて、すっごく仲良くしてくれる。

まるで本当の姉みたいで、クムユもククルも、お姉ちゃんって呼んでいた。

シルヴァ姉ちゃんは、青みがかった銀髪を掻《か》きあげると、今日は冷えるな、と言った。

「銃の整備？　すぐやろっか？」

ちらりとシルヴァ姉ちゃんの背負った銃に視線を注ぎながらククル姉ちゃんが言った。

「ああ、これなんだが……」

手を冷やさないための分厚い革の手袋を脱ぐと、シルヴァ姉ちゃんは、背負っていた筒先の長い銃をククル姉ちゃんに渡した。

「うん？　ちょっとバランスが狂ってるね？」

「さすがだな。持っただけで判るか」

そう言ってシルヴァ姉ちゃんはククル姉ちゃんを誉《ほ》める。

ククル姉ちゃんの銃整備の腕はお父ちゃんが認めるほど優秀なのだ。でも、まだ一人ではお客さんの銃の整備をさせてもらうまではいかない。だから普段は店の受付をやっている。ククル姉ちゃんは将来は銃の設計士になるのが夢なんだって。

「いやあ、お父ちゃんと比べたらまだまだ」

「そんなことはないさ。もちろん、キミたちのお父さんは素晴らしい腕の持ち主だけどね」

「えへへ。お父ちゃんにその言葉伝えたら、喜ぶだろうなぁ！　あ、クムユ、ちょっとシルヴァ姉の相手してて。アタシ、お茶淹《い》れてくるから」

そう言うと、返事も待たずにククル姉ちゃんは店の奥へと行ってしまった。

「ふう」

「ん？　どうしたんだいクムユ、そんなため息なんてついて」

「ククル姉ちゃん、クムユが先週、カップを割ってしまったので、お茶を淹れさせてくれねーのです。まだ早いって」

「なるほど」

「淹れてるさいちゅーに、隣の犬が吠《ほ》えたから、驚いてしまったです。クムユはびっくりして……そのー」

「隣……って、あの畑の向こう側の、かい？」

「う、うん……」

シルヴァ姉ちゃんのちょっと呆《あき》れたような視線が痛い。

確かに二百歩は離れている家の犬が吠えたくらいでびっくりするなんて、我ながらビビりだとクムユ自身も思う。思うのだけど……。

「クムユは情けねー奴です。うー……」

「あ、ああ。まあ、確かに驚くかもしれないな、それは……」

「お待たせ！　はい、香茶《こうちゃ》と、あと、お母ちゃんの焼いてくれたお菓子だよ！　ん、クムユ、どしたの？」

「な、なんでもねーですよ！　わあ、美味《おい》しそうです！」

ちゃんと三人分の香茶と焼き菓子のセットだ。

「寒い日は熱い香茶が有り難いね。お菓子も良い匂《にお》いだ。遠慮なくいただこう……うん、さくさくしていて美味しいよ」

長い指で摘《つま》んだ焼き菓子を口許《くちもと》へと運びながらシルヴァ姉ちゃんが言った。

「シルヴァ姉ちゃんは、お菓子を食べててもキレーです……」

「へ？」

「あ、な、なんでもねーですよ！」

何を口走ってるんでしょう。クムユは慌てて首を振って邪念を打ち払った。

「ああ、幸せだ。私は、二人と会って、温かいお茶を飲むとホッとするんだ」

シルヴァ姉ちゃんがそんなことを言った。

「もー、シルヴァ姉は大げさだなー」

「そんなことはないさ。キミたちと会うこの時間が、私にはなにより貴重で大切なんだよ」

それはシルヴァ姉ちゃんのいつもの口癖だった。

だけど、クムユはそのとき初めて「ひょっとしてシルヴァ姉ちゃんにも、人知れず悩んでることがあるのかもしれねーです」と思ったのだった。

3

倉庫の奥を片付けるように。

父にそう言われたクムユは、その日、姉のククルと朝から倉庫にいた。

倉庫は銃工房の脇に建てられていて、そこには銃の設計から製造までの全工程で必要な品が突っ込まれているだけでなく、代々の試作品も保存されている。

昼近くまで掃除と片付けをして、そろそろ昼ご飯にしようと姉妹が思った矢先だった。

ククル姉ちゃんがその銃を見つけた。

立派な木の箱に入っていて、赤い紐《ひも》で括《くく》ってある。

蓋《ふた》と箱の間は本来は封蠟《ふうろう》でぴっちりと封じられていたようだが、棚の奥に落ちていたその箱は、封が衝撃で破れてしまっていた。

紐を解《ほど》いてなかを確認する。

弾倉を回転させる型式《かたしき》の片手持ちの銃と、獣皮紙が一枚入っていて、紙にはなにやら注意書きが書かれていた。

文章の末尾の署名を見れば、どうやらクムユたちの祖父の祖父のものらしい。

「ククル姉ちゃん、なんて書いてあるですか？」

「うーん。ちょっと待って、ふむふむ……。こ、これって……」

ククル姉ちゃんははっとした顔になると銃をもっていこうとする。

「ク、ククル姉ちゃん……それはやべーんじゃねーですか？」

もともとビビりのクムユとしては、両親にナイショで銃を持ち出すことに抵抗があったのだけど、獣皮紙から目を離さない姉は聞く耳をもってないようだった。

「これはすごいものかも……ちょっと調べてみたい」

そう言いながら、銃と紙をもって倉庫を出たのだった。

4

『恐ろしいものを作ってしまった。我が子孫はこの銃を永劫《えいごう》に封印すること。引き金を引いてはならない』

と、獣皮紙の文の最後に書いてあった。

クムユがビビるには充分な文面だ。

けれども、ククル姉ちゃんは違った。

「これはすごい魔銃だよ！」

「まじゅー？」

「魔法の効果を発揮する銃のこと！　ふつうの銃でも作成されたときの属性の偏りを利

用して六属性の力を上乗せできるんだけど、これは弾丸に込められた魔法を解放する銃なんだよ！」

なかにいっしょに封入されていた小さな箱を手に、ククル姉ちゃんが言った。

その小箱を開ける。

小指ほどの大きさの弾丸が六つ入っていた。

六発の弾丸をククル姉ちゃんは受付机の上に並べる。

「これらの弾丸は六つの元素に対応したそれぞれ異なる強化効果《バフ》が現れるんだ」

「ばふ？」

「銃が、敵を倒すためだけのものじゃないのは知ってるよね」

「あったりめーです！」

それは空の世界の常識だった。

弾丸を込めて銃を撃てば、弾《たま》が相手を傷つける。

けれども、属性の偏りを利用したり魔法を込めることで、それとは別に、銃を撃った本人に様々な不思議な影響が現れることがある。

「そういう効果をひっくるめて強化効果って呼ぶんだ。いや、本人だけじゃない、敵や一緒に戦っている味方に効果を与えることもできて、敵に与えるものだけは弱体効果《デバフ》って呼ばれたりする」

しかも、銃だけに限った話でもなかった。

剣だろうと斧《おの》だろうと、それどころか箸《はし》だろうと匙《さじ》だろうと同じらしい。世の中には魔法を込めたせんべえを焼くお婆ちゃんだっているという。ほんとかどうか知らないけど。

と、ククル姉ちゃんは言った。すっごく嘘《うそ》っぽいけど、ククル姉ちゃんは嘘は言わないひとだ。

「ふうん……？」

「で、だ。ここからが重要なんだけど、どうもこの弾丸は祖父《じぃ》ちゃんの祖父ちゃんが作ったものらしいんだね。しかも、『銃製造の道を究め、魔法弾の作成に成功したのだが、あまりに過激な効果を発揮したのでえらい目にあった。よってここに封印する』って書いてある」

「カゲキなコーカ？」

「そう！　なんでも、試してみたところ一時的に集中力が千倍くらいになったんだって」

千倍!?

「そして、この銃をたった一晩で作っちゃったんだってさ！」

言いながら、ククル姉ちゃんは回転弾倉式の短銃をクムユの手に乗せた。

「一晩で!?　すげー人だったですね！」

小さいけれども、隅々まで拘《こだわ》って作ったことがクムユにさえ判る。持ち手《グリップ》の曲線は握

ったときに全く違和感がなく、錯覚だろうけど温かみを感じる。それくらいしっくりくるということだ。

「ね！　ね！　すごいよね！　これを一晩で作っちゃうなんて……」

あ、やばい、とクムユは思ったのだ。

ククル姉ちゃんが夢中になってしまっている。

「で、でも、てことはこれ、危ねーんじゃ……」

「だいじょうぶ！　だって、祖父ちゃんの祖父ちゃんが作ったものだよ！」

そのお祖父ちゃんがやめとけって言ってるですけど……。

「こんなすごい銃を一晩で作れる……一度でいい。そんな経験をしてみたら、この先の銃作りの参考になる気がするんだ！」

そうして止める間もなく、あたしの手のなかに置いた銃を取り上げると、ククル姉ちゃんは六発の弾丸を弾倉に装塡《そうてん》してしまったのだった。

5

試射用の射撃場は工房の裏手に聳《そび》える山の入り口にある。

森に少し入ったところにあって、天井はないが周囲は木の壁に覆われていた。

ククル姉ちゃんが的に向かって回転弾倉式の短銃を構えた。

「いい？　いくよ！」

「うう……ガ、ガッテンです！」

止めたかったけれど、こうなってしまったククル姉ちゃんを止められる者など全空にいないこともクムユは良く知っていた。

「3……2……1……」

ゼロ、のタイミングで引き金を引く。

銃口の部分に一瞬だけ小さな魔法陣が展開されたのが昼の光のなかでも見えた。

その魔法陣が弾が発射されると同時に大きく広がった。

「ぴゃあ！」

まぶしい！

眩《まばゆ》い光がククル姉ちゃんを包み込んだ。

けれども光は、銃声が収まる頃には何事もなかったかのように消《き》え失《う》せてしまった。

「ク、ククル姉ちゃん、なんともねーですか？」

「ん……」

指をわきわきさせていた。

「なんだか、できそうな気がする……」

「えっ？」

ククル姉ちゃんは腰帯に提げている銃を整備するための七つ道具に手を触れた。

そして……。

回転弾倉式の短銃の分解整備を始めたのだ。

「わ、わ、わ！　すげーです！」

「手が……手がすごく軽く動く！」

信じられない。ククル姉ちゃんの手の動きは目で追えないほど速くなっていた。

鼓動を三つ打つくらいでもう銃のほとんどを分解し終えていて、六つ打つ間に部品を並べ終えている。どんどん手が速くなってゆく。九つ打つ間にふたたび銃を元通りに組み立ててしまっていた。

「こんなの、ユメみたい……」

とろんとした目で組み立てた銃を見つめていた。

「ククル姉ちゃん、すげーですよ！」

ぱちぱちと手を打ったときだ。

「うわわ！」

ククル姉ちゃんが大げさに飛《と》び退《の》いた。それから、まるで自分の声に驚いたかのように両手で耳を塞《ふさ》いでしまう。

「ど、どうしたですか？」

「そ、そんなに大声でしゃべらなくっても聞こえるって！」

「おおごえ？」

「うわあ！」

耳を押さえたまま涙目になった。壁に張りついて怯《おび》えた顔でクムユを見ている。

これは――変だ。

クムユは、そんなに声が大きいほうではない。

というか、はっきり言って小さい。

もうちょっと大きい声でしゃべって、とずっと言われてるくらいなのだ。

それなのに……。

「な……に？」

「……？　クムユは何も言ってねーですよ？」

できるかぎり小さな声でそう言った。

ククル姉ちゃんは、工房のほうを見ていた。射撃場からは何十歩も離れたところにある工房のほうを見つめている。

「聞こえる……」

「え……？」

「工房でお父ちゃんとお母ちゃんがアタシの話してる。もう少ししたら銃の整備をひとつ任せてみようとか言ってる……」

「えぇぇっ!?」

思わず大声を出してしまい、ククル姉ちゃんがまたも耳を押さえてのたうちまわった。

——うう……クムユのバカヤロー。

ごめんなせーですよ、ククル姉ちゃん……。

「嬉《うれ》しい……けど、なんで聞こえるんだろう。バルダとサネアの話も聞こえる。あのふたり……付き合ってたんだあ」

「バルダさんとサネアさんって……」

びっくりした。たしか、サネアさんはうちに来て二年目の女の人で、バルダさんって、ええとベテランの……。ふたりともドラフ族の優秀な鍛冶《かじ》師だったりする……。

「これ……この音って、ネズミの走ってる音かな。鳴き声もするし」

「ネズミの……」

「あ、ふいごの音がヘンだ。そっか、炉の温度が安定しないのはそのせいか」

ククル姉ちゃんが工房を睨《にら》みつけながら次々と聞こえるはずのない音について話していた。もしかして、これって……。

「ククル姉ちゃん、まさか耳が……」

「う、うん。たぶん、手先の感覚だけじゃなくて、音も千倍になって聞こえてるんだと思う。とゆーか、たぶん、全部の感覚が千倍になる弾丸だったみたい……。なんだかさっきから森のいろんな匂《にお》いを感じるし、目もすっごく良くなってて——」

吹き抜けになっている空を見つめる。

「見える？　あそこに鳥が飛んでるの」

言われてようやく気づくほどの高さに確かに鳥が一羽、豆粒ほどの大きさで視界を過《よ》ぎっていった。

「どうしよう、しかも、どんどん敏感になってきてるみたいなんだけど……」

涙目になっていた。

そっか、とクムユは悟る。たくさん感じるって良い事ばかりじゃない。

見えなくてもいいものが見えちゃったり、聞こえなくていい音が聞こえちゃったりするんだ……。

突然ククル姉ちゃんが顔をあげた。はっとなって射撃場の入り口のほうを見る。

「シルヴァ姉……」

「えっ……？」

振り向いても誰もいない。

心臓が二十回、打ったくらいの時間が経《た》って。

「やあ、ここにいたのか」

入り口に姿を見せたのは確かにシルヴァ姉ちゃんだった。

6

話を聞いてシルヴァ姉ちゃんは眉《まゆ》をひそめた。

「それは……厄介《やっかい》なことになったな」

「どうしたらいいです？　クムユ、ククル姉ちゃんを助けてーです」

話し声さえ騒音として聞こえてしまうのでククルはついに防音用の耳栓《みみせん》をつけていた。

それでようやくシルヴァ姉ちゃんとクムユはふつうに話ができた。

ここが射撃場でよかった。

「街の薬師《くすし》か魔術師に診《み》せるのがいちばんだとは思うが……」

それをするとなると、祖父の祖父の銃を黙って持ち出したことがばれてしまう。

「でも、対処法はあるはずだ」

「えっ……？」

「だって、このお祖父さんのお祖父さんは元に戻ってるんだろう？　ほら、もういちど文章を見てごらん。『発揮したのでえらい目にあった』と、ある」

「う、うん？」

「あった、と過去形になってる。ということはこの人はおそらくもとに戻ったんだ」

「あ、そっか！　確かにそーです！」

さすがはシルヴァ姉ちゃんだ。頭いい！

「そしてたぶん、子孫に万が一があったときのことは考えてあるんじゃないかな。思うに、このなかに解呪《ディスペル》の弾丸があるんじゃないだろうか」

「解呪！　じゃあ、それがあれば……」

「弾丸の入っていた箱は？　これか」

シルヴァ姉ちゃんが小箱を漁《あさ》ると、折り畳まれた紙が入っているのを見つけた。六発の弾丸の説明書だった。

「ほら、ここに全解呪《クリアオール》の弾丸とある。このいちばん左端に入っていた弾丸だな。この弾丸はどれだ？」

シルヴァ姉ちゃんが微笑《ほほえ》みながらククル姉ちゃんを見つめ、ククル姉ちゃんが絶望に沈んだ瞳《ひとみ》で見つめ返した。

「まさか、確認せずにぜんぶ弾倉に詰めたなんてことは……」

こくん、と頷《うなず》いた。

シルヴァ姉ちゃんが絶句してしまう。

弾丸を取り出して調べても差は見つからず――製造後に刻印すると魔法の効果に影響してしまうからだろう、とククル姉ちゃんが言った。

「じゃあ……」

撃ってみるしかない、ということなのだった。

7

「よし、やるぞ」

解呪の効果範囲から外れないようにできるだけシルヴァ姉ちゃんの近くにククル姉ちゃんは寄り添った。

本当はククル姉ちゃん自身が銃を撃った方がいいんだけど、発砲音と衝撃をまともに受けた場合にどんな結果になるか保証できなかった。なにしろ千倍だし。耳栓をつけて、衝撃を受けないように銃の効果範囲にぎりぎり入るところに立ってる。

「3……2……1……」

ドン、と銃声がして、ふたたび銃口から魔法陣が広がる。

でも魔法陣はシルヴァ姉ちゃんだけを包み込んだ。

光はすぐに収まったが、ククル姉ちゃんは耳を押さえたままうずくまっている。解呪された様子がなかった。

――じゃ、じゃあ、シルヴァ姉ちゃんに新しい魔法が……?

「シルヴァ姉ちゃん、だいじょうぶです？」

「う……ん。そうだな。とくに何も起こったようすは……ぷっ」

「んに？」

クムユの喉《のど》からへんな声が出た。

なぜなら、シルヴァ姉ちゃんが自分を指さして、突如、くすくす笑い始めたからだ。

笑い声はどんどん大きくなっていった。

「く、くく、ふふ……クムユの髪……くふ、ね、寝癖が……」

「……んにゃ！」

慌てて髪を押さえた。たしかに跳《は》ねてた。ぴん、と、ひと房だけ撫《な》でつけても収まらない。

——は、恥ずかしいです！　コンチキショー！　朝、鏡みなかったから！

ククル姉ちゃんが涙声で言う。

「シルヴァ姉……ごめん、う、うるさい……」

「く、くく……すまない、で、でも、と、止まらないんだ。ふふ、あははは……す、全《すべ》てのことが可笑《おか》しく見えてきて……くくく」

「うう……う、うるさいってばー！」

耳を押さえてのたうつククル姉ちゃんと、延々と笑い転げるシルヴァ姉ちゃん……。

「あはは……ま、まずいな。こ、これでは銃を撃つことが……！」

お腹《なか》を押さえて苦しそうだった。

クムユは慌てて先ほどの弾丸の効果を書いたメモを見返した。

・五感千倍
・感受性千倍
・強心臓
・巨人化

・小人化
・全解呪

感受性千倍⁉　ひょっとして、これ⁉

……まさか、千倍の笑い上戸になっちまったですか⁉

「お、おそらくそうだ……くふふ」

真剣な声で言ってるけど、顔は全開で笑っていた。

どんなに笑っていても、どこかで自分を抑えているようなところのあるシルヴァ姉ちゃんが心の底から笑っている。そんなふうに笑ってくれたらいいなってクムユはずっと思っていたけど。

でも、これ――なんかちがう！

「コンチキショー……クムユ、どうしたら……」

「し、しかたない。残る希望は、キ、キミだけだ」

「クムユが⁉」

シルヴァ姉ちゃんがクムユに魔銃を渡してきた。

確かにそれしかないかも。残るは「強心臓」「巨人化」「小人化」「全解呪」の四発だった。どれもたぶん死にはしない効果だし、やってみる価値はある。でも……。

「うぅ～」

――ク、クムユのバカヤロ～。なに、ビビッてやがるですか！

怖かった。

クムユはビビりなのだ。こんな怖いことしたくない。

「うう……もうだめ、頭いたい……」

「す、すまない……しかし、どうにも、くふっ、ははは」

ふたりとも、もう限界のようだった。

「うー」

や、やってやるです！　コンチキショー！

銃を両手で持って構えた。心臓がドキドキしてくる。クムユは空唾《からつば》を何度も呑《の》みこんでから指を引き金にかけた。

「やややややややややや、やってやらぁ！」

撃った。

銃口から広がった魔法陣が――クムユだけを包んだ。

「ぴゃ!?」

ずん、と身体に衝撃がきた。

「わっ！　わわあ！」

ぐん、と視界が高くなる。

ちがう。

背が伸びたのだ。

「あわわ！」

ぐんぐん視界が高くなる。ククル姉ちゃんを越し、シルヴァ姉ちゃんを越して、おとなの視界になった。初めての感覚だ。

──わあ！　おっきくなったです！

だがそこで止まらない。「巨人化」なのだ。ヒューマンの背丈で止まるはずがない。

「ひにゃあ！　ゆ、指が！」

引き金に指が入らない！

血の気が引いた。これでは死なないかもしれないが、銃が撃てない！

──ドドド、ドチクショー！　クムユ、どーしたら……。

「クムユ、落ち着け！」

笑い声を必死で抑えたシルヴァ姉ちゃんの声。

「ほら、クムユ。深呼吸！」

耳をしっかり塞ぎながらのククル姉ちゃんの声。

──そ、そうだ。深呼吸だ。すーはー。

「負けるもんか……です！」

爪《つめ》の先が辛うじて引き金に……かかった！

ドン！

銃口から広がった魔法陣が今度こそ三人全員を包み込むように広がった。

エピローグ

「やれやれ……ふつうってていいね！」

ククル姉ちゃんが言った。

「同感だ。まあ……貴重な体験だったとは思うが……」

「シルヴァ姉も、あんな風に笑えるって判ったし？」

「忘れてくれ」

苦虫を噛《か》みつぶした顔になったシルヴァ姉ちゃんが言った。

いつも通り笑いはするけれど、どこかで自分を抑えたような表情に戻っている。

クムユは、いつかシルヴァ姉ちゃんの心からの笑顔を見たいとは思う。思うけれども、あんな風にむりやり笑ってるのは、やはり違うと思う。

「一瞬で銃を分解して組み立てた、あの感触はすごかったけどねー」

「惜しいか？」

「うん、まあ。でも、いいんだ。あの感触は手が憶《おぼ》えてるし、なにより、やっぱり地道に身に付けないと、とんでもないことになるって判ったし」

「技術の習得に近道はないということだな」

「うん！」

ククル姉ちゃんはあくまで前向きだ。そこがクムユにはちょっとうらやましい。

「そうそう。この前預かった銃の整備が終わったって」

「ああ、ありがとう」

「お父ちゃんが最後の磨きしてる。もう持ってくると思うよ。いつもなら磨きくらいはアタシがやるんだけど、当分銃を持つの禁止だって言われちゃった」

「はは、それはしかたないな」

あの事件は結局、両親に見事にばれてしまい、ククルもクムユもこっぴどく叱られたのだった。

叱るときも両親はククルとクムユを分け隔てたりしない。

ちょっぴりそこが嬉しかったりするクムユである。

「クムユも大きくなってみてどうだった？」

「え？」

「いつもちっこいの気にしてたでしょ」

「うーん。でも、もういいです。おっきくなってもいい事ばかりじゃねーって判ったですし」

「そっか」

「小さくても心がおっきくなるよーがんばるです！」

「うん。まったくだ。あのときのクムユは充分頼もしかったよ」

そうシルヴァ姉ちゃんに言われたのがクムユにはとっても嬉しい。

ただ――本音を言えば「強心臓」の弾丸だけは、ちょっと試してみたかったな、とも思うクムユである。

あとがき

こんにちは、はせがわみやびです。

島々が空に浮かぶ世界の七つめの冒険をお届けします。


船大工の島ガロンゾ。

ファータ・グランデのお話を語り始めたときの最初の目標がこの島まで辿《たど》りつくことでした。一巻から積み上げてきたものの幾つかはここで実を結ぶことになります。

グランくんの成長を少しでも感じ取っていただけたならば幸いです。


単なる強い敵というだけではなく、空の世界の神々のような存在としての星晶獣《せいしょうじゅう》を強調したかった——というCygames《サイゲームス》様の想《おも》いのこもった星晶獣がミスラです。そのあたりをラストバトルでも感じさせてほしい、とのことで、いつもとはちょっと違った雰囲気のエンディングを目指してみました。

如何《いかが》だったでしょうか。楽しんでいただければ幸いです。

番外編はククル、クムユ、シルヴァという銃工房の三人娘（ひとりは常連客で「姉のような存在」なのですが）のお話。魔法の込められた弾丸を題材にしたコメディです。

こちらも、くすっとでも笑っていただければ幸い。

さてではいつものように謝辞《しゃじ》を。

Cygames様、麗《うるわ》しいノアのイラストを始め、今回も全面的にご協力いただきまして、ありがとうございます。

編集の佐々木さま、タイトなスケジュールでご苦労をおかけして申し訳ありませんでした。ありがとうございます。感謝です。

誤字の撲滅を手伝ってくれる友人たちにも感謝を。春日《かすが》秋人《あきひと》さま、ルイカさま、織神《しきかみ》さま、いつもありがとう。

ミスラとの戦闘描写の相談に乗ってくれたむらさきゆきやさま、ありがとうです。

そしてもちろん、読者のみなさまにはいつも感謝しております！

お話はここから後半戦に突入するわけですが――。

次の巻はいつもよりほんの少し早くお届けできるかも……かも。

ではまた次の巻でお会いしましょう。

■ご意見、ご感想をお寄せください。

ファンレターの宛て先
〒102-8078 東京都千代田区富士見1-8-19 ファミ通文庫編集部
はせがわみやび先生

■QRコードまたはURLより、本書に関するアンケートにご協力ください。

https://ebssl.jp/fb/17/1583

- スマートフォン・フィーチャーフォンの場合、一部対応していない機種もございます。
- 回答の際、特殊なフォーマットや文字コードなどを使用すると、読み取ることができない場合がございます。
- お答えいただいた方全員に、この書籍で使用している画像の無料待ち受けをプレゼントいたします。
- 中学生以下の方は、保護者の方の了承を得てから回答してください。
- サイトにアクセスする際や、登録・メール送信時にかかる通信費はご負担ください。

FBファミ通文庫

グランブルーファンタジー Ⅶ

G10
1-7
1583

2017年3月30日 初版発行

著　者 はせがわみやび
発行人 三坂泰二
発　行 株式会社KADOKAWA
〒102-8177 東京都千代田区富士見2-13-3
電話 0570-060-555(ナビダイヤル) URL:http://www.kadokawa.co.jp/
編集企画 ファミ通文庫編集部
担　当 佐々木真也
デザイン 渡辺公也
写植・製版 株式会社オノ・エーワン
印　刷 凸版印刷株式会社

〈本書の内容・不良交換についてのお問い合わせ〉
エンターブレイン カスタマーサポート 0570-060-555 (受付時間 土日祝日を除く 12:00～17:00)
メールアドレス:support@ml.enterbrain.co.jp ※メールの場合は、商品名をご明記ください。

ISBN978-4-04-734541-6 C0193

定価はカバーに表示してあります。

GRANBLUE FANTASY
グランブルーファンタジー
VII

ラカム
オイゲン

「こちらが騎空艇グランサイファーの整備計画書になります」

「補器類はのきなみ交換したほうがいいですが、炉はまだまだ現役でいけますね」

船大工の言葉にラカムが当然とばかりに頷いた。

「グランサイファーは覇空戦争時代の艇だぜ。数百年もった艇なんだ。炉だって、そうそうガタが来たりはしねぇさ」

「まあまあ。ちょいと詳しく見てみようや」

ラカムとオイゲンが首を突き出して眺める。

イオ